中国好诗词鉴赏文库

熊召政　著

故园山河集

武汉大学出版社
WUHAN UNIVERSITY PRESS

图书在版编目(CIP)数据

故国山河集/熊召政著 . —武汉：武汉大学出版社，
2015.9
中国好诗词鉴赏文库
ISBN 978-7-307-15560-2

Ⅰ.故⋯　Ⅱ.熊⋯　Ⅲ.诗集—中国—当代　Ⅳ.I227

中国版本图书馆 CIP 数据核字(2015)第 066548 号

责任编辑:张福臣　　责任校对:汪欣怡　　版式设计:韩闻锦

出版发行:**武汉大学出版社**　(430072　武昌　珞珈山)
　　　　(电子邮件:cbs22@ whu. edu. cn 网址:www. wdp. com. cn)
印刷:武汉中科兴业印务有限公司
开本:950×1260　1/32　印张:8.75　字数:146 千字　插页:1
版次:2015 年 9 月第 1 版　　2015 年 9 月第 1 次印刷
ISBN 978-7-307-15560-2　　定价:35.00 元

前　言

张福臣

春去冬来，一年的轮回，时间有时快得像白驹过隙，有时又仿佛停在那不动。经过两个多月耐心的等待，《中国好诗词鉴赏文库》的封面终于浮出水面，"叶辛山水情韵"终于来到了我的桌上。一见就喜欢上了，看见了封面上的山，

> "五岳寻仙不辞远，
> 一生好入名山游。"

就像看见李白吟着走着来到面前。

> "云龙地缝天来水，
> 缝底巨石张开嘴，
> 悬崖峭壁绿荫垂，
> 千仞巉岩四边围。"

叶辛老师就跟在后面。是的，叶辛老师这首诗就在我眼前吟就，那是走在恩施大峡谷的雨中，今天看着这首诗就像当时的雨滴在滴答滴答。

看到了叶辛，就想起肖复兴，也就在两个月前，我和老伴陪着复兴老两口流连于汉口江滩，可巧，也是小雨中。"武汉真不错，有这么美的去处，武汉人有福！"复兴兴之所至，张口就来：

> "轩豁一堤轩豁思，
> 纸鸢正是放飞时。
> 三叠细瀑风中落，
> 十里长龙月下驰。
> 火蓟雪樱花是梦，
> 石雕金刻字为诗。
> 白云黄鹤千载后，
> 汉口江滩绝妙诗。"

复兴的感慨，复兴的古诗新唱，复兴的《复兴诗草》，留在了江滩，留在了武汉。

昨在江滩，今游东湖。东湖的天上下着小雨，流到东湖地下时，成为了复兴老师口中吟出的古诗新唱：

> "竹忆桥怜水自闲，
> 东湖二十五年前，
> 迅哥对坐坪中草，
> 屈子行吟阁上烟。"

雨和着诗还在缠绵。徐鲁老师和宏猷兄已候在东湖边上的闲云阁。

徐鲁老师听说复兴兄来汉为"名家讲坛"讲课，提前半个多月就和我定下了为复兴兄和嫂子接风。这倒成全了我，我是最大的受益者，省下了人民币且不说，在东湖边上、在雨中、在闲云阁，徐鲁老师为我签下了熊召政先生的《故国山河集》。宏猷兄更是慷慨地献出了压箱底的大作《南山窖雪》。这是他多年的心血，也是他最疼爱的"儿子"，并且是他和他四十多年的挚友如兄弟陈伯安的唱和集。四十多年的真情，四十多年的风雨与共，四十多年的不离不弃，四十多年对文学的坚持，四十多年新诗的吟唱与古诗的情怀，《南山窖雪》是最好的见证。

不知是天意，还是一切都在冥冥之中，湖北省作协副主席刘益善老师听说我在策划出一套当代古典诗词丛书，他真诚热情地推荐了我国当代著名作家、诗人王蒙、高洪波、罗辉三位先生的大作，即王蒙的《王蒙的诗》，高洪波的《几度长吟集》、罗辉的《一路行吟集》。这套丛书书稿已有 7 部，不到一年的编辑工作，算是一个段落，应该收获不小。

面对这些诗稿，我冷静下来再思索，回看当下的大形势，习总书记在北京师大参观教师节 30 周年展览时说：我很不赞成把古代经典诗词和散文从课本中去掉，去中国化是很悲哀的。同时，全国也兴起了国学热、传统文化热，也有了古诗词回归中小学课本的可能性，再总结这些信息，头脑里时常冒出唐诗、宋词，挥之不去。特别还有那首歌词，"长亭外，古道边，芳草碧连天……"几乎在大脑空出时就冒了出来。经常向这些老师和朋友请教及探讨这形势和现象，同时和陈伯安老师（陈老师是教育家并当了多年的教育局局长，70多岁了还在每周讲国学）共同请了一些作家学者座谈，最终我决定以上述的那7部书稿作为"药引子"，由此乘胜追击，出一套涵盖中华五千年所有朝代有代表性古典诗歌文库，即"中国好诗词鉴赏文库"一套，共40册，从当代起始，分为当代卷、现代卷、近代卷以及清、明、元、宋、五代、唐、南北朝、魏晋、春秋战国，到春秋战国时的《屈原诗集鉴赏》。

　　这是一个宏大的工程，一个雄伟的目标，能否实现，我想武汉大学出版社拥有众多名校的专家学者，更有这些鼎力支持的著名作家、诗人，他们的影响力，他们的能量都是非常大的。《唐诗三百首》《宋词三百首》长销不衰，最有影响力的还是李白、杜甫……当代的几位大家也不差，比如熊召政的古诗词就有900多首，肖复兴的有600多首，民国时的如聂甘弩有上千首，柳亚子更甚。当代、近代也好，古代也罢，都应该传承下去，都应该作为历史，作为文学史，在我们这里存档。当代以前的古诗词已写进中华五千年的文化、文明，当代以后的古诗词不也会写进中华的文化、文明、文学史吗?! 他们个人的素质，他们以一个作家的良心，他们的作品，他们用手中的笔书写的是对民族的担当，对国家的热爱，对生活的真实，对大自然的赞美，对文学的执著，对诗歌的情怀，他们没有用笔谋私，没有用汉字献媚，没有在灯红酒绿中打情骂俏。他们完全可以上追古人，下启新人，以自己的真情实感和对古典诗词的底蕴，写进中华五千年的文化、文明、文学史。

《中国好诗词鉴赏文库》从策划到出版成书大约需要3年的时间，我可能无力完成这个宏伟的目标了，能够把当代卷出齐，只当抛砖引玉。刚好在人生的年轮里走满一个甲子，到了洗洗睡的时候。如今回想起来到武汉大学出版社刚好5年，5个秋去冬来，5个春夏秋冬，5个轮回，也是说长不长说短不短。5年前，郭园园老师、陈庆辉社长将我引进武汉大学出版社这个平台上，这是我非常喜欢的一个平台。在这个平台上，我尽全力，争分夺秒地折腾着。5年的时间，在出版社各位同事的协助下，策划出版了《中国知青文库》丛书56册，《六书坊》7辑42册，《中国好诗词鉴赏文库》当代卷7卷，还有《汉口码头》、《中国古今家风家训100则》

等各类图书近50册。本人能够以出版人的良知和责任做了一些应该做的事，并做成了一些事。首先要感谢武汉大学出版社给了我机会。更要感谢的是全国著名作家，如白描、阿城、贾平凹、张抗抗、竹林、高红十、张承志、邓贤等有名和没出名的作者的无私帮助。最后要感谢的是我那些亦师亦友的挚友们，如叶辛、肖复兴、董宏猷、陈伯安、徐鲁、刘晓航、刘晓萌、郭小东、岳建一、晓剑、刘益善、孟翔勇等不离不弃的真正的友情。

5年能为读者，能为社会留下三套丛书，近200册有用的图书，作为出版社，作为出版人，也算是个见证，虽然没有物质上的期望值，但在当下，在未来，能够有读者，有社会上的认可，足可告以慰藉了。因此，到了快要说再见的时候，一个人的职业生涯和人生快到终点时，所作所为能够留下一点点痕迹，足矣。更何况还拥有这么多的亦师亦友的挚友们，因为都是缘分，我为拥有朋友们而快乐！我为拥有你们而骄傲！拥有你们此生无憾！

《中国好诗词鉴赏文库》，就算是一个出版人在武汉大学出版社的平台上的谢幕，不是绝唱的绝唱。

2015.9.1 于武昌

旧体诗词与当代生活

代 序

熊召政

我从事文学创作已经四十多年，早年写诗，后来又写散文、小说、戏剧和电影。20 世纪 90 年代以前，文化圈内的人都把我称作诗人。早在 1980 年，我即获得中国作家协会评定的全国首届中青年优秀新诗奖。随后，又连续出了四本新诗集。所以说，朋友们称我为诗人也未尝不可。但有一个秘密大家都不知道，即我学习写诗的最初年代，不是写新诗而是写旧体诗词。

我的祖父与外祖父都是读书人，但我的父亲母亲因为在少年青年时代遭逢乱世而失去了读书的机会。正因为如此，父母对我读书寄予了很大的希望。我的继外祖父也是一位读书人出身的老中医，他不但医术好，书法与旧体诗词的写作也在当地颇有名气。我四岁就跟着继外祖父背诵诗词，五岁时就开始跟着他对对子，从一个字开始，后来对到五十个字，他说"绿"，我对"红"；

他说"绿叶",我对"红花",如此数年,终于培养出我对中国文字的敏感以及初步的应用技巧。大约十岁之后,我就尝试写对联、绝句。十三岁时,外祖父出城去问诊,我跟着他,对着芳菲三月,外祖父给了《春景》这个题目,让我写五言绝句,我脱口说出"花如初嫁女,树似有情郎"这样的句子,外祖父大加赞赏。但是,一个十三岁的少年,确实不知道"初嫁女"应该是个什么样子,之所以能这样写,应该是数年进行诗词语言训练的结果。

几年之后,我成了一名下乡知识青年,由于受到的家教,遇事我还是用旧体诗词来表达,但村子里让我办黑板报,我的诗词的写作立刻受到了限制,我无法在规定的句式、格律、对仗中完成对生活对象的描写,比如说"阶级斗争","农业学大寨","广阔天地,大有作为"这样一些语言,的确没有办法进入格律诗。由此我认识到,旧体诗词写作的年代,适合传统的农耕文明时代。每年产生的新词汇非常之少。我比较熟悉明朝,在它二百六十三年的历史中,其文风与用词都没有太大的变化,从《明史》中留存的第一位皇帝朱元璋的《登极诏书》到最后一位崇祯皇帝的御批,我们从文字上看不到有什么变化。语言是社会生活的反映,语言环境的单纯反映出社会生活的单调。终明一代，农耕文明的社会环境没有发生根本的转变，所以，诗词创作的环境上承唐、宋，也没有发生什么动摇根基的转变。但进入工业文明之后，传统诗词不再可能成为表现生活的主流文体，随着时代的变迁，我们的文学样式越来越散文化、自由化，这就是我们的中国古典文学为什么从诗经到汉赋、唐诗、宋词、元曲、小说，这是一个逐步散文化的过程。以致到现在的电影、电视、网络文学的出现，从中可以看出是，主流文学的走向越来越复杂，离传统的诗词越来越远。

我喜欢旧体诗词，但十八岁时在农村办黑板报，却遭逢了第一次障碍。从此，这障碍便如影随形，跟随我四十多年。

传统的格律诗词是建立在以单音节词汇为主体的语言环境中。在它成形的唐、宋朝代，当时的诗人们描写身边的生活，并不会感到这种严格的形式对他有任何的约束。可以说，在当时的社会形态中，有百分之九十的生活是可以用诗词来表现的。但在当今，纷繁复杂的社会生活十之八九是旧体诗词无法表现的，像"GDP"，"国际贸易顺差"，"中国特色社会主义"，"哥本哈根协定"这样的词汇，与旧体诗词的创作要求可以说是风马牛不相及。

但是，有一点要特别指出的是，虽然旧体诗词在描写现代生活中毫无优势可言，在抒发感情，描写心灵的领域里却是具有无以伦比的优势。支撑现代社会生活的，是政治、科学和经济。在这三大领域中，其表现可以说是日新月异。每一年，都会有很多的词汇诞生，当然，也会有很多词汇死亡。对于一个习惯于过传统的生活，愿意与自己的心灵对话的人，这种现代生活很无奈。大约在十五年前，我在一篇散文里就说过："对于喜欢心灵生活的人来说，科技是一场瘟疫！"因此，我每天都在面对一些事物，也在抗拒一些事物，在面对与抗拒中，旧体诗词的写作给了我的心灵很多慰藉，很多帮助。今天，我们再也不能驾一叶孤舟到江湖中去，也不能坐一辆牛车悠游在乡村泥泞的路上。但是，我们面对一朵花的开放，一片秋叶的凋零，同李白、杜牧、王维、苏东坡等唐宋时代的伟大诗人们所看到的春花秋叶，并没有什么两样。他们没有坐过飞机、高速列车，这又有什么要紧呢？在物质的世界里，我们无法传统；但在精神生活中，我们完全可以排斥现代。描摩心灵生活，旧体诗词不但不会让我们捉襟见肘，反而让我们的感情变得典雅起来，古朴起来。

自从 20 世纪初新诗问世以来，一百年前，新诗与旧体诗词两者之间的优劣与取舍的争论，一直没有停止过，毛主席曾说过："给我两百块大洋，我也不读新诗。"我没有他这么绝对，我既读新诗，也写新诗；既读旧诗，也写旧诗。新诗与旧诗，虽然都是诗，但两者的创作无论是从遣词造句，还是选取的题材都大相径庭。从二十岁开始，到三十五岁，我基本上是以新诗写作为主，三十五岁之后，很长一段时间，我是新诗旧诗都写，五十五岁之后，我几乎只写旧体诗词了，每年写作的新诗，不会超过十首。其原因很简单，当我不再想在生活中扮演强者，我便愿意过静恬的心灵生活，在这种生活中，读古人的诗，然后又像古人一样写诗，便是一件非常有乐趣的事。

2014 年 10 月 6 日
在首届海峡两岸中华诗词论坛
暨聂绀弩诗词奖颁奖大会上的演讲

目　录

眺羊角尖

羊角尖为英山中部东、西河分界的大山。于绵延群山中，一峰独秀。从我所住的四顾墩眺望，春则烟气氤氲，秋则峭拔逼人。我身处逆境，前途未卜，常以它为奋发向上的象征。直至今天，羊角尖的形象还在我心头萦绕。山川滋养灵魂，信不虚也。

> 奇峰拔地傲苍穹，
>
> 压倒群山气势雄。
>
> 秋来一把枫林火，
>
> 万壑千崖寸寸红。

【附】1970 年春我随家下放农村，住西河四顾墩，时年十七。年未弱冠，先当农夫，心中多不平之气，偶尔认识一位乡村木匠和一位乡村郎中。他们都喜欢格律诗。我遂加入他们之中，结为忘年交。一有空暇，就偷偷聚在一起斗韵。此是我创作的第一首格律诗。从那时开始，两年多时间，我阅读了许多中国古代诗人的诗集。现代新诗集，却一本也未读到。不是不读，而是无法找到。因此，我之诗创作，可以说是从格律诗开始的。先习古诗而后再写新诗，备感轻松自如。

1970 年 9 月 13 日

过陶家河

陶家河为红军二十五军长征出发地

远足陶河过，
炊烟正万家。
路回乌桕树，
波涌杜鹃花。
梯地连红草，
新田接绿茶。
英雄埋骨处，
纤指动琵琶。

1971 年 4 月 2 日

登羊角尖

今日登羊角，
晴岚喜及晨。
山高花上树，
天窄鸟扶云。
樵风吹谪思，
流水洗尘心。
不辞怀玉客，
来与鹿为邻。

1971 年 4 月 13 日

上 天 堂 寨

　　天堂寨，亦名天塘寨，地处鄂东皖西两省三县交界处，海拔1769 米，为大别山主峰。

步上天堂寨，
风华此地寻。
爽心藤伴舞，
悦目竹屯兵。
凝绿愁堪坠，
伤禽隐不鸣。
云中擎石臂，
蛟树自千春。

1971 年 4 月 24 日

黄石至兰溪江中逢雨

散花州畔雨溟溟，
短棹无帆拨浪轻。
闯进大江烟谷锁，
撞开迷雾石礁横。
中流何惧风为怅，
击浪从来笑溢情。
遥指江东风景好，
掠红雏燕舞春晴。

1973 年 4 月 18 日

游东坡赤壁为苏学士赋

黄州不负真词客，
赤壁能藏假醉翁。
半世经纶输国士，
一生词赋是英雄。
画梅为解冰霜意，
栽竹当摇宇宙风。
我若为君图小影，
飘岚云际一孤鸿。

1974 年 4 月 15 日

登蛇山俯瞰江城有感

　　1974 年 4 月，我作为业余作者第一次参加全省工农兵创作会议。会上，只见工农兵而不见作者，心甚怅怅，会议之余漫步蛇山，得此作。

惊飞黄鹤究谁雄？
蛇山依旧傲东风。
嫩花初探铅华水，
老树长听大吕钟。
十万楼台藏鼠雀，
一痕国脉走鱼龙。
我今又沐轩辕雨，
踏浪裁天访羿弓。

1974 年 4 月 29 日

火田冲即景

篱菊家家院，
山茶为客浓。
挂泉常带雨，
野火渐烧枫。
落日依云湿，
炊烟入望蒙。
鸟飞无倦意，
振翅向明空。

1977 年 9 月 21 日

游张家嘴水库

出湾三两桨，
待月两三盅。
鱼吐秋波泠，
山含夕树红。
沉吟风浪里，
买醉橹声中。
往事惊回首，
鹃声暮气浓。

【附】1974 年秋至 1975 年春，我曾作为民工修张家嘴水库。当时集合全县三万民工兴修这座水库，苦役繁重，食宿艰难，每日均有工伤死亡事故发生。三年后重游此地，难免触怀喟叹。

1978 年 10 月 11 日

再登天堂寨值雨

我欲摩天五尺寒，
羲和漂泊隔云烟。
寒星腋下生青眼，
望绝中原百万山！

1978 年 10 月 13 日

东湖行吟阁前有感

　　应《长江文艺》编辑部之请，来武汉商讨《请举起森林一般的手，制止！》一诗发表事宜，得暇游览东湖。园中行吟阁为纪念大诗人屈原所设，阁前原有屈原塑像，"文革"中被推倒沉入湖中，其时尚未捞起。伫立于此，心境备感苍凉。

古国诗魂付劫波，

离骚国里鬼吟哦。

荇苔为伍龟充寿，

兰佩成泥石不磨。

蒿底射工能伺影，

湖边迁客孰闻歌。

人间情态年年改，

三闾遗风涕泪多。

1979 年 11 月 3 日

桃花冲组诗 (八首)

桃花冲寻胜

皖山楚水回旋地，
尺尺清溪处处斜。
素竹千竿钓石影，
饥风一过饱山花。
谷底牧童吹野苗，
岩头农女浣流霞。
寻源疑尽桃花路，
又见飞泉出碧华。

卧仙石纳凉

当年此地卧仙翁，
爽气飘飘石吐虹。
碧浪染成双鬓雪，
黄花摇断一丝风。
天娥舞袖云迷树，
山客乘凉耳恋钟。
拂去梦痕溪上望，
红霞点点是村童。

碧雨门

碧色如屏雨似帘，
青山断处两崖悬。
水因夺路风推雪，
松欲凌云石拄天。
瀑底鳞光争灿烂，
潭中龙影尚依然。
苍苔未盖骚人印，
只为门高锁太严。

小岐岭远望

　　小岐岭，湖北最东边的一座高山，隘口一过即是皖地，与小岐岭比肩而望的是安徽境内的另一座高山鹞落坪。

云爱青山缫石茧，
树吐银丝织火龙。
不知仙境当年事，
想与樵人此地逢。
急雨风来疑鹞落，
浣花蝶去趁泥融。
此身肯与鹰同翅，
犁破烟涛一万重。

瓦泄排所见

轻身熟路采风难，
到此羊肠别有天。
栈木支离连古道，
水车老态饮流泉。
溪中石渚高粱瘦，
山上萁田晚稻酣。
村里太婆仍纺线，
一轮明月手摇圆。

楼 畔

连日大雨，天色不开，忽得一晚晴，即约二三同志沿山间小路散步，至溪头电站方归。

楼畔飘雷歇，
相邀踏晚晴。
林深新翠浅，
日落暮烟轻。
水与人争路，
山因竹恋云。
溪头思小驻，
雪浪上衣襟。

小楼观云

凭栏雨后最相宜，
美煞云山第一奇。
谷底云腾山欲舞，
峰头云涌树成梯。
东岭云飞西岭躲，
南山云漫北山移。
风神捉就云山恋，
云有情郎山有衣。

小楼午眠

晴光半日生秋色，
碾玉泉声隔薄烟。
紫蝶翩然来入梦，
绡裙舞破五千年。

【附】以上八首，写于 1980 年 7 月份。其时《长江》丛刊在英山桃花冲林场举办笔会。我和鄢国培、祖慰、李建钢、王维洲诸君在此住了一个月，对桃花冲留下许多美好的记忆。桃花冲，在英山县城东北 65 公里鄂皖交界处。其地群峰肆意勾连，绿涛怒涌；晴岚湿雾，自然成态。且气温适宜，盛夏如春，俗有"小黄山"之称。更可喜者，桃花冲是未被外界发现的风景区。诸般景色，没有一处人工雕凿之迹。身临此地，令我想起李贺"野色浩无主"的诗句。

1980 年 7 月 30 日于桃花冲

目睹长江截流而作

　　1980 年岁暮，我参加由骆文、徐迟率队的湖北文艺代表团前往宜昌参观正在兴建的葛洲坝水利枢纽工程并目睹长江截流的壮举。同行者有作家、书画家、戏剧家五十余人。

暂放羁魂作楚游，
夷陵不见古江鸥。
十年一锁芙蓉水，
夹岸三分翡翠洲。
女娲炼石金蛇舞，
精卫填波老鳖愁。
斯民块垒尽飞出，
塞住狂潮任放收。

1980 年 12 月 27 日

三 游 洞 _{（两首）}

三游洞，位于宜昌市西北 10 公里处西陵山的峭壁上。洞下是下牢溪。相传唐元和十四年，著名文学家白居易由江州（今江西九江）司马谪迁忠州（今四川忠县）刺史，与其弟白行简同行。遇诗人元稹由通州（今四川达县）司马迁虢州（今河南灵宝县）长史，三人会于夷陵（今宜昌）。同游洞中，各赋诗一首，并由白居易作《三游洞序》。三游洞由此得名，人们称为"前三游"。到了宋代，著名文学家苏洵、苏轼、苏辙父子三人，从故乡赴京师应试，途经夷陵来游洞中，称为"后三游"。我游洞中，不见"前三游"之痕迹。只见东坡一树梅花刻石，故有"独悼梅花一树香"之句。

诗人谪路水茫茫，
野洞相逢暗举觞。
游客几知新乐府？
独悼梅花一树香。

长藤悬得雾千年，
击节清音尚灿然。
愿借下牢清洌水，
浣我新诗正气篇。

1980 年 12 月 28 日于宜昌

游 西 陵 峡 (两首)

古风何处拾，
未听一声猿。
雾隐黄陵庙，
天开白石滩。
川心随鸟翼，
楚浪上鱼帆。
波暖三分后，
南津孰是关？

酣游江峡里，
风光憾未全。
野童谁弄艇，
村妇独耕田。
寒柚明年色，
香橙入岁甜。
昭君纱浣处，
尚隔几重烟。

1980 年 12 月 29 日于西陵峡江轮中

谒 关 陵

原上关陵何处觅，
废园一座背村家。
苍碑剥落羞人眼，
青冢萧然聚古鸦。
瘦草有心留晚照，
枯藤无力挽流霞。
繁城多少胭脂雨，
分与英雄几瓣花。

1981年元旦于当阳关羽墓畔

圆明园废墟散步有感

　　我所写政治抒情诗《请举起森林一般的手，制止！》获全国首届新诗奖。1981 年初夏，赴京参加领奖活动，期间曾前往圆明园废墟凭吊。

圆明棘树几回青，

一堵宫门一墓门。

故国铜驼惟血泪，

倭仇铅弹破龙庭。

神龟虽寿终天寿，

玉玺招魂却断魂。

民气日高王气尽，

孤家况是石榴裙。

1981 年 6 月 2 日于北京

夜宿洪湖瞿家湾忆贺龙将军

　　瞿家湾为 1930 年至 1932 年间中共湘鄂西省委所在地，贺龙在此战斗三年。

半壁河山系一身，
青篙撑破压湖云。
小荷不解南冠梦，
犹着红妆望故人。

1982 年 5 月 14 日

过秭归访屈原故里，作招魂曲

万古长江几劫流，
滩声洗尽旧王侯。
而今君若乘舟去，
过罢孤山有莫愁。

1982 年 6 月 26 日

船 过 巫 峡

游子他乡云雨梦，
轻舟难载恨重重。
血鹃有限情何限，
一掠巫山十二峰。

1982 年 6 月 27 日于雨中游轮上

过神女峰口占

瑶姬应是良家女，
不爱君王爱庶民。
云雨巫山舟子誓，
沙淘浪打总难泯。
荒唐一纸高唐赋，
文诼蛾眉墨诼情。
千古含冤魂不散，
巫山顶上作奇云。

1982 年 6 月 27 日

大宁河赏月

夜宿巫溪，与任洪渊、李元洛、徐刚诸诗友赏月于大宁河畔茶棚外，从巴山蜀水谈及李白谪放，多有为诗人鸣不平者。月闲归寝，辗转于床，遂有此作。

人烟生处即家乡，
何必诗人说夜郎。
明日大宁河上去，
青山与我共回肠。

1982 年 6 月 28 日

潇 湘 道 上

尧妃何事太缠绵，
一夜潇湘雨万山。
雀舌茶分秋色苦，
竹斑珠坠晚荷甜。
瓦檐遮断茅檐草，
牛背驮回岭背烟。
汲水小姑浣木叶，
半溪凤燕趁红颜。

1982 年 9 月 9 日清晨
于京昆 62 次特快列车上

蝴 蝶 泉

清泉一曲为谁幽，
红雨香浸几树柔。
岁岁苍山蝴蝶会，
合欢花下醉风流。

1982 年 10 月 8 日清晨
于京昆 62 次特快列车上

谒聂耳墓

聂耳墓在昆明西山风景区，山上尚有华严、太华两大古寺。

不是滇池眠瘦鹤，

安能拱手葬英才。

耻同金佛分三席，

暂借梵钟撞一回。

应有悲歌醒净界，

更无浩月属阴霾。

炎黄后代风流甚，

义勇军中竟壮怀。

1982 年 10 月 14 日

夜过岳阳

岳阳一过太匆匆，
况值秋深夜雨浓。
楼下梦萦忧乐赋，
静中惊听洞庭风。

1982 年 10 月 18 日深夜

过襄阳望鹿门山怀孟浩然

是时应襄樊市文联之邀前往参加"襄阳诗会"，参观隆中、鹿门山等名胜。

云中樵子雾中琴，
白首红颜记鹿门。
攀尽翠微寻古韵，
不求闻达任闲情。
涧南梦树根犹在，
汉北潭烟意转凝。
长忆青莲开碧眼，
烟花三月送幽人。

1983 年 9 月 2 日

留诗鄂州西山

江边古刹动游情，
一点尘心不染尘。
霸业已消灵气在，
西山风月属斯民。

1984 年 5 月 14 日

赴襄阳参加孟浩然诗会游鹿门山

襄河三濯足，
今上鹿门山。
风为追思腻，
泉因古涧甜。
汉江浮岭绿，
野树隔溪闲。
何处寻三径，
苍波载远帆。

1984 年 11 月 2 日于鹿门山

游汋汉湖

应邀参加汋汉湖诗会，蒙主人盛情，乘快艇游湖。同游有骆文、莎蕻、欣秋诸前辈诗人。游罢，湖区管理处领导以鱼宴招待，并索诗纪念，遂有此作。

一湖纳尽三春雨，
才得芰荷十里香。
风到船中人醉否，
菱波深处问渔郎。

1985 年 5 月 20 日

登 黄 鹤 楼

　　1985 年 9 月，我被选入武汉大学首届作家班学习。全班 24 人，皆为全国各省 35 岁左右专业作家。文友相聚，大有相见恨晚之意，遂选择一个礼拜天同登黄鹤楼，游罢归来，与同学们豪饮之中，吟出此作。

携来玉笛寻黄鹤，
与尔神交已数年。
紫蝶翻时云作客，
青牛踏处路生烟。
胸中丘壑凭谁识，
眼底河山信自宽。
我正凭栏无翠袖，
大江一掌起空寒！

1985 年 9 月 23 日

赤壁晚眺

　　是时应邀参加蒲圻诗会，游该县赤壁得此作。湖北省境内有五处赤壁，最出名是蒲圻与黄州两处，前者称为武赤壁，后者称为文赤壁。参加此次诗会者，有徐迟、骆文、叶文福、韩作荣、徐刚、饶庆年诸诗人。

大地龙蛇暮气中，
江山谁复是英雄？
半帘残月秋波里，
不见周郎一炬红。

1986 年 10 月于蒲圻赤壁矶头

吴家山初月

拨浪巡天裁碧玉，
落英乱下点胭脂。
深山孤秀无人识，
谁听蛾眉有怨词。

1987 年 8 月 5 日

海 南 行 （五首）

1988 年 3 月，我第一次游海南岛，历时半月。遍游岛上风景名胜，此五绝句，都是于游览中口占所得。

东坡书院

炎风吹老眉山客，
竹舍三间寄病身。
且喜天涯有厚土，
长盈新翠铸诗魂。

五公祠

孤臣谪路水茫茫，
万里迷舟到大荒。
海有深情风有恨，
一楼椰雨慰炎黄。

天涯海角

天涯末路欲行难，
却望凌涛日一丸。
久历江湖风浪劫，
化鲲还去剪青烟。

谒海瑞墓

一纸诤言泣鬼神，
生医社稷死医君。
正气为民何所惧，
且把宫门当墓门。

游亚龙湾

眼底东方夏威夷，
我与青帝一枝依。
日光浴里中原客，
寒梦融开尽是诗。

赴洛阳参观牡丹花会 _(六首)

邙　山

掩尽王侯此地尊，

龙腾四水岳为门。

邙山一抔隋唐土，

不植人间富贵根。

白　园

白园即白居易墓碑所在地

十万胭脂四月繁，

琵琶峰下是花村。

古城游客多如鲫，

谁访诗人到白园？

龙门石窟

大如山岭小如拳，
万佛千禅个个残。
幸有春云今日白，
遮它无眼望青衫。

白马寺

一马驮来万卷经，
释悲释乐释神明。
果真立地能成佛，
人世安能有恶魂。

王城公园观牡丹

极尽繁华众牡丹，
朝寒暮翠五更烟。
花王醉客年年是，
冷落女皇在碧泉。

夜别洛阳

五天暂作洛阳人，

看佛看花访古今。

汽笛一声人去也，

香风卉雨尚牵情。

1988 年 4 月 20 至 23 日

过巴河怀闻一多先生

一曲巴河水,
怆然浸我思。
已听新鬼哭,
谁作弄潮儿?
剐胆难言早,
横眉总不迟。
将身酬国难,
何必望归期!

1989 年 9 月 21 日

山 家 （五首）

　　承友人好意，邀我前往他在英山四口冲的山居做客。车抵麻元墩，公路尽。弃车登山，盘桓而上八里许，始至。其居半山独户，前庭果木，后坡松茶，俨然世外桃源。友人索诗，慨然允之。吟此五首绝句以赠。同游尚有老友田海。

山家几户在云中，
处处茶烟四月浓。
我问杜鹃开过否，
樵夫遥指一枝红。

我与田海过溪径，
不闻鸡犬只闻禽。
翠行十里盘陀路，
吹尽红尘始到村。

青苔遮路燕飞斜，
东有园篱西有茶。
屋后两丛清节竹，

殷勤扫出一山霞。

主人知我清怀抱，
只用山珍待素心。
小笋数枝添野味，
一瓢豆粥见乡情。

进山避俗两时辰，
又别桃花入市津。
相约明年重到此，
采兰山上卧闲云。

登庐山五老峰

李白梦中眠五老，
如今昏卧一千年。
我来唤醒逍遥客，
莫在人间作睡仙。

1990 年 8 月 25 日

初登九华山 (两首)

匡庐前日客，
今上九华山。
暮掩龙溪水，
烟笼岭石寒。
十王峰上月，
百岁寺中禅。
我欲当街饮，
满林钟磬喧。

今人拜古佛，
到处是蒲团。
见面皆香客，
惟吾是谪仙。
尘缘虽未了，
血气却藏玄。
游子松前问，
禅机何处参。

1990 年 8 月 28 日

夜宿黄山眉毛峰下逢雨

流冰泻玉桃溪水，
舞练当空百丈泉。
眉毛峰下秋弦动，
风雨频惊为我弹。

1990 年 8 月 30 日

因雨游黄山未果又告离别

雨锁黄山七二峰，
借居一宿又回篷。
今朝未折莲花去，
只把云烟两袖笼。

1990 年 8 月 31 日

雨中过祁门

山是浮雕水是琴，
皖南风雨最宜人。
饱餐秀色车轮醉，
直把秋红作绛春。

1990 年 8 月 31 日

岁暮登磨山

望归山路愈茫然，
立尽青崖忆去年。
犹有小船载过客，
斜阳一脉落墟烟。

1991 年 12 月 29 日

湘 西 行 (十一首)

游武陵源

蜗居弃国一身闲，
青发头颅白发禅。
梦里几回寻野趣，
今朝买醉武陵源。

1992 年 5 月 24 日

吊脚楼边见牧牛老太有感

不种梅花只牧牛，
春风四月恨悠悠。
楚囚一梦谁能解，
人在湘西吊脚楼。

1992 年 5 月 24 日

过 沅 水

前不久报载，沈从文骨灰由其夫人张兆和携回老家湘西凤凰县安葬，忽惊老先生已谢世四载。常想乘他写过的那种"沅陵的船"走走沅水，只是人非船亦非，当年风情已杳不可见了。

> 行尽春风坐尽山，
> 将钱难买沅江船。
> 沈郎一去无消息，
> 剩得湘西我独看。

1992 年 5 月 25 日

登黄龙峰望文星岩

黄龙峰为天子山黄龙泉风景区之主峰

> 欲将青发束为毫，
> 饱蘸烟云与碧涛。
> 一啸峰头思太白，
> 今宵有梦到唐朝。

游鸳鸯溪

昨日在仙女桥，悚然不敢过。今游鸳鸯溪，雾重不见天日。

仙女桥头人怯步，
鸳鸯溪畔雾迷离。
春情不信能烘日，
蛱蝶归来尽湿衣。

1992 年 5 月 26 日

下天子山

回首神堂山隐约，
寸心常逐白云飞。
此生称意于山水，
风月林泉送我归。

题御笔峰

长吟屈子湘妃地，
不见兰枝与竹枝。
谁写风流千古事，
难期御笔有情时。

1992 年 5 月 26 日

游西海石涛路上购何首乌一枝

中年忽染烟霞癖，
西海山中遇药仙。
十万峰峦凭点化，
破钞换取一枝禅。

1992 年 5 月 27 日

过金鞭溪

金蛇狂舞嘎然止，
一寸风光一寸弦。
我若是山亲到此，
再无颜面到江南。

1992 年 5 月 27 日

过酉水野渡

诗国常争万户侯，
何如野渡卧孤舟。
悠悠天地悠悠我，
嚼罢春光又嚼秋。

1992 年 5 月 28 日

初游湘西

今日湘西过，
陶然复愕然。
花如初嫁女，
人似老神仙。
有水皆藏秀，
无山不弄玄。
王村来买醉，
今夕是何年。

1992 年 5 月 30 日

游 普 陀 山 _(两首)

万顷烟波里，
名山起道场。
青螺称佛岛，
碧浪护慈航。
浪拍唐钟静，
岩巡宋寺凉。
观音居处好，
南海有天堂。

人间多苦难，
此处产慈悲。
焚指如燃草，
显灵更竖碑。
观音千手眼，
浩劫百千回。
菩萨终难救，
苍生空泪垂。

1993 年 5 月 9 日于普陀山息耒小庄

同刘心宇关师诸友游武当山逢雨

英雄大路归何处，
道骨禅风迹可寻。
挣脱红尘山正懒，
扶摇紫气雁初横。
云淹金顶箫如昨，
雨到中宵梦转深。
闲士名山谋一醉，
半瓢秋色半瓢春。

1993 年 5 月 17 日

游武当山紫霄宫赠道长王光德

世界而今难隐士，
还与道长论崇高。
紫霄殿里寻常客，
蝴蝶青牛两样遥。

1993 年 5 月 18 日

小 村 春 景

雏莺啼老雪，
幽鹤舞春风。
浅草梅边嫩，
山花树上红。
藤牵残夜雨，
竹补小茅棚。
归客黄昏至，
乡音犬吠中。

1993 年 6 月 4 日夜

九江至景德镇道上

浔阳城外秋鸿渺，
鄱阳湖上渔舟少。
一梦飞驰三百里，
乱山缺处松烟老。

1993 年 9 月 9 日

游媚南河正值泰国新年

媚南河上作惊龙，
一叶扁舟御早风。
两岸人家争掷水，
衣衫湿尽兴犹浓。

1994 年 4 月 13 日曼谷

芭 丽 雅 城

泰国芭丽雅城是闻名世界的旅游城市，有"东方夏威夷"之称。

淡抹浓妆芭丽雅，

暹罗湾上惹销魂。

一城狂蝶追游客，

万里来当猎艳人。

1994 年 4 月 14 日芭丽雅岛景酒店

从中环广场俯瞰香港

总乘铁鸟度关山，
香港难寻旧梦缘。
楚馆秦楼歌舞地，
红尘万丈到眉尖。

1994 年 4 月 17 日

游维多利亚海湾

海上风涛日已昏，
三千故国动离情。
此心好似中原草，
绿到天涯总姓春。

1994 年 4 月 18 日香港

再游罗浮山 （三首）

　　7 月 27 日，得半日闲，清晨从深圳驱车往罗浮山游。去年 5 月 1
日首游罗浮山倏然一年。我亦从文人变成商人。平生爱山水，好佛
道。只是寄身商海后，俗累太多。不能经常亲近山水，实是憾事。

偷闲今又上罗浮，
静读林泉半日书。
商海误人还自误，
何妨云里听姑苏。

葛洪灶冷千年后，
岁岁繁华是鹧鸪。
谁把江南金粉梦，
裁来一幅换篷壶。

疏钟红叶年年有，
道榻禅房处处稀。
曾记去年春月下，
空山流水尽玄机。

1994 年 7 月 28 日于深圳

二 游 黄 山

曾在九华叩老禅，
黄山我又饱云烟。
奇峰七二松千顷，
逼到眉头尽险关。

1994 年 11 月 7 日

夜上黄山狮子峰听松涛

每依月色听松涛，
鹤唳猿鸣气更豪。
万仞峰头云宿处，
天人合一自逍遥。

1994 年 11 月 8 日

行浮梁山道

江南山色有无中，
山色经秋意转浓。
三五行人青岭上，
芦花白对夕阳红。

1994 年 11 月 10 日

秋游木兰山

商隐人间若楚囚，
常思载酒上峰头。
鸡鸣夜雨天同醉，
松啸层云鹤作俦。
卸尽时忧访野老，
遍寻古寺续禅游。
登山此日惟骋目，
烟雨中原又值秋。

1995 年 8 月 29 日

陪徐迟游东湖

时徐迟，吾师也。1981 年经骆文介绍，我投到他的门下。此后耳提面命八年有余，所获教益终生受用。1993 年我决意弃文从商，他十分恼怒，竟有两年时间不理我，直到我向他表白"离开文坛而不离开文学"的初衷时，他才释然，师生情谊恢复如初。

莫负湖山一望秋，

丹枫碧水画中游。

银丝虽比芦花白，

小醉还须看玉钩。

1995 年 11 月 13 日

过李香君旧居

停车为问侯公子，
仗义痴情是与非。
长叹香君头上血，
依门流作秦淮水。

1996 年 4 月 5 日秦淮河畔口占

孤山访苏曼殊墓遗址

春梅病语早凋零，
鸟语空山尽梵音。
不向孤山求舍利，
但凭残冢吊诗僧。

1996 年 4 月 7 日于杭州

过昱岭关

节近清明雨似烟，
名山胜水任盘旋。
钱王有墓匆匆过，
天目无缘细细看。
江浙物华多典藏，
苏杭民俗尚依然。
春游更访屯溪梦，
作别东吴过险关。

1996 年 4 月 8 日

初 临 喀 什

扶摇我又凌云去，
万里西来第一城。
戈壁风沙摧汉帜，
昆仑冰雪锁唐音。
潢街花帽维人市，
夹道胡杨绝地春。
过罢丝绸过罢佛，
天花飞处听新闻。

1996 年 7 月 30 日

塞尔维亚诗简 (五首)

1996 年暮秋，应南斯拉夫作家协会邀请，与诗人刘湛秋结伴前往贝尔格莱德参加在该地举行的第 37 届国际作家笔会，期间游览写下这几首小诗。

贝尔格莱德至瓦里沃路上

红叶满山花满市，

瘦墙尖顶小红楼。

漫言国破愁如织，

村女弹琴韵自悠。

多瑙河畔漫步

河名多瑙水悠悠，

烟绕层林鸟更稠。

古堡残碑伤历史，

垂杨处处系离舟。

贝尔格莱德夜市

几多风月俏佳人，
灯下回眸笑语频。
贝市夜阑花更好，
家家烈酒醉流莺。

谒德桑卡·玛克西姆维奇墓

为觅诗魂来异域，
丹枫林畔雨迟迟。
教堂钟荡秋风冷，
一束鲜花作悼诗。

过铁托墓

何人此日泪垂垂，
一寸河山一劫灰。
功罪千秋浑不计，
夕阳无语暮鸦飞。

1996 年 10 月 19 日至 24 日于南斯拉夫

游周庄和柳亚子迷楼诗 _(两首)

前一日游周庄，访柳亚子、陈去病于 1924 年春痛饮之迷楼，归来步柳亚子原韵赋此二首。柳之诗当时唱和者甚众，该为一时大家。搜集付梓，名为《迷楼唱和集》。七十年后我又步和，只是物是人非，境亦非也。

逢春痛饮莫停杯，
快意人生有几回。
才子风流偏傲物，
文章救世更恃才。
周庄溯旧篷帆远，
南社迷踪玉女猜。
剑胆琴心都误尽，
只留清梦逐春来。

还寒乍暖鹧鸪天，

欲煮浓茶趁暮烟。

豪气纵裁千尺雪，

人情不值一厘钱。

前朝名士空文债，

此日儒商剩酒缘。

楼上漫怜红袖冷，

梅花开过杏花妍。

1997 年 3 月 9 日

上海龙柏饭店 317 房

题赠巴国布衣酒家

　　余两游成都，三上巴国布衣酒家，既欣赏壁间魏明伦先生的《饭店铭》，又颇称意这家酒楼的风格及菜肴。今日午间，又从巴国布衣小酌归来，兴犹未尽，发于笔下。

巴岭嵯峨蜀水清，
国之天府最牵情。
布囊收拾禅心去，
衣上飘香是酒痕。

1997 年 7 月 26 日

于银河王朝酒店 1826 房

谒黄帝陵

曾经火种刀耕后，
应是龙吟虎啸前。
白马秋风宜北狩，
长河落日计南迁。
中原逐鹿铭千鼎，
社稷开疆化百蛮。
今到陵台低首颂：
我以我血荐轩辕。

1997 年 8 月

江陵谒张居正墓

　　张居正，湖北江陵人，明万历初年首辅，励精图治，锐意改革，有救时良相之誉。但因任首辅时得罪巨室，死后遭清算，后果凄凉。从 1993 年起，我开始了对这一人物的研究。此时我正准备写作长篇历史小说《张居正》，动笔之前，由友人刘心宇陪同，专程去张居正墓前凭吊。

四百年前事可疑，

江南又见鹧鸪飞。

杜鹃舌上烟波里，

立尽斜阳是布衣。

1998 年清明于荆州

游 武 夷 山 (四首)

小雨中乘竹排游九曲溪

山敷月色水如烟，
水月烟花万万年。
一曲棹歌人醉后，
峰峦沟壑尽神仙。

题虎啸岩

天下谁人识武夷，
一声虎啸万山低。
渔樵世界凭栏望，
羽客僧衣入眼迷。

登天游峰

天游到此乐逍遥，
碧水丹山慰寂寥。

掬罢五溪浇块垒，
诗情引我上重霄。

过一线天

浮云割罢暮烟缠，
难见青空一线天。
天地阴晴谁作主，
孤寒深处蛰龙眠。

1998 年 8 月 8 日
于武夷山市崇武宾馆

游桃花冲黑龙潭 (两首)

三声杜宇飘红叶，
一曲山溪冷白云。
飞瀑潭边圆石上，
清风明月坐幽人。

醉水醉云还醉酒，
且歌且啸且徐行。
鸟声吐玉君须听，
不见长亭见短亭。

题天堂河谷 （四首）

武汉夏日奇热，立秋后两日，暑气依然肆虐，遂约王先霈、田中全、映泉、李寿昆诸师友同去英山桃花冲避暑，盘桓数日，谈文说艺，不亦乐乎。

平生难解烟霞癖，
宁卖天堂不卖山。
今日此游留浩叹，
天堂原自在人间。

万曲溪声深复浅，
行人一折一重天。
问谁能是天堂客，
石满藤花绿满潭。

野花烧夏风还冷，

深涧巢春气尚寒。

翠羽踏虹孤石上，

何如白发对红颜。

坐拥清泉须浊酒，

还听飞瀑说逍遥。

行囊尽载云烟去，

何必乾坤一担挑。

2000 年 8 月 16 日

夏日宿桃花冲宾馆避暑

暂作桃花洞里人，
白云生处好披襟。
山多古木春先老，
屋近清溪夜更深。
小立柴扉听药杵，
坐拥苍翠对猿吟。
落红片片炊烟袅，
笑作神仙载酒行。

2000 年 8 月 18 日

长阳竹枝词 _(三首)

崇山峻岭访巴人，
武落钟离早著名。①
山高千丈春千丈，
水暖清江百尺深。

紫燕临风城市远，
杏花微雨醉人多。
巴山妹子痴情甚，
顾盼生姿爱唱歌。

长阳文化三宗宝，
南曲情歌与跳丧。
七十老人身手健，
一招一式惹人狂。②

2001 年 4 月 12 日于长阳宾馆

---

① 武落锺离山，在长阳县境内清江边上，传为巴人发源地。
② 长阳文化馆组织的土家歌舞演出队，每晚为旅游者表演民族歌舞，内有一位七十老翁表演跳丧舞，招式引人赞叹。

留 诗 红 安

　　湖北省作家协会组织作家去红安、麻城两县采风，我参加其中。
红安县委领导同志希望参观者留诗，故有此作。红安乃著名苏区，大
革命中牺牲了七千余名烈士，产生了两百多名将军。

我爱红安四月花，
杜鹃如血血如霞。
如何二百屠龙将，
尽出寻常百姓家。

2001 年 4 月 18 日

游峨嵋山值雨

为到峨嵋品雪芽，
三春三月过三巴。
檐桃金顶风兼雨，
雾暗青衣气若霞。①
古寺梵钟菩萨道，
白云苍狗杜鹃花。
瑶琴一抚千年后，
谁携余音过酒家？②

2001 年 4 月 21 日

---

① 乐山境内的青衣江，在峨嵋山上隐约可见。
② 瑶琴，典出李白《听蜀僧浚弹琴》。

访成都杜甫草堂

春来惆怅浣花乡，
无限江山一草堂。
细雨酥泥红满路，
竹篱楠影绿盈窗。
每因战乱伤襟抱，
历尽沧桑壮酒肠。
流寓锦城听杜宇，
诗人独自话凄凉。

2001 年 4 月 23 日

游远安金家湾山谷

若问远安何处好，
闲庭信步此冲湾。
条条翠谷丹峰下，
簇簇红花古树间。
亦幻亦真云作画，
且行且卧路如烟。
才言曲折已穷尽，
又见清泉出碧山。

2001 年 5 月 1 日于远安宾馆

扬 州 杂 咏 (六首)

2001 年 8 月 23 日送走熊维后,我即与邱华游扬州、南京,为写作《张居正》第三卷搜集资料,费时四天。扬州六首与南京三首,均是这几天的作品。

游扬州瘦西湖

古今多少客,
此处竞风流。
疏雨弦歌地,
浮香桂子秋。
烟霞寻旧馆,
月色上迷楼。
商女今犹在,
吹箫古渡头。

史可法纪念馆

维扬漫道西湖瘦，
更有梅花瘦几重。
碧血悲歌同月色，
千秋憔悴为英雄。

片石山房

客死江湖听石涛，
裁云泼墨足英豪。
池中一个玲珑月，
四百年来照寂寥。

个 园

一楼听尽江南雨，
春夏秋冬数步中。
片石也知天籁近，
小桥流水月华浓。

雷塘隋炀帝墓

杨花凋败李花香，
地下谁能说短长。
铁马锦帆皆过尽，
夕阳无语对雷塘。

天 宁 寺

寺前曾系帝王舟，
花雨天香伴水流。
今日我来惆怅甚，
尽驱僧鸟市声稠。

2001 年 8 月 25 日

南 京 三 咏 (三首)

秦 淮 河

一曲秦淮百石桥，

吴娃桥下不胜娇。

侯门公子谁忧国，

金粉如今胜六朝。

晚晴楼聚宴

江南名重晚晴楼，

白下佳肴此处优。

只恨稼先归去早，

无人共盏看吴钩。

明 孝 陵

万里神州几墓田，

七星拱列紫金山。

生民仍在阴阳界，

风雨雷霆又百年。

2001 年 8 月 26 日

武 当 山 行 (八首)

题武当山三丰武术学院

张三丰为明初著名道人，创武当内家拳，一生传奇故事甚多，距今已六百年矣。张三丰逝世后，其拳法秘传，再无大家显世。

万仞峰头雪，
千秋不败花。
担当天下事，
以武振中华。

2001 年 10 月 11 日

赠武当山内家拳十四代传人游玄德

伏虎擒龙真绝技，
欲穷太极作遨游。
玄机尽把红尘扫，
厚德深藏六百秋。

2001 年 10 月 11 日

夜观袁理敏表演武当太极

　　袁理敏，游玄德大师入室弟子，学武七年，初得师傅形意，多次获全国武术比赛奖项。

缓移峰顶林间月，

柔若清泉漱白云。

野鹤不知山外事，

穿花蛱蝶懒寻春。

2001 年 10 月 12 日

武当山拜师

　　10 月 10 日由武昌乘火车专程前往武当，原为学武当太极。关师九年前就与游玄德大师结下师徒之缘，成为武当十五代弟子，道号理然。由他引荐，与游师傅相见。按武当道规，内家拳只传皈依弟子。为学得武当太极，遂与同行挚友国庆兄商量，决定按武当道规行事，拜游玄德大师为师傅，学习武当太极拳法。

中原铸鼎为神器，

分析阴阳法自然。

昨日武当山外客，

今朝太子洞中仙。

内家拳续三丰火，

合浦珠涵九转丹。

直薄昆仑寻紫气，

餐霞友鹿在人间。

2001 年 10 月 13 日

贺关师生日

　　住太子坡复真观中学拳，不觉五日。后两日秋雨绵绵，今晨天忽放晴，有三只乌鸦飞临头顶，鸣叫盘旋不去，大家以为不祥之兆。适游师傅上来教拳，以此事相告，他告之乌鸦在武当山中称为吉祥鸟，亦有灵鸟之誉，碰上即沾喜气。大家心情释然，适此日为关师（理然）39 岁生日，晚上薄酒相祝。

灵鸟飞来去复还，

庙幡无语对青山。

他年若问神仙事，

黄叶庭前拜理然。

2001 年 10 月 16 日

游南岩

山中悟道启心扉，
又到南岩踏翠微。
瘴气每将仙阁锁，
片云时化老龙飞。
涧危树古三丰榻，
苔染霜侵永乐碑。
不信明年春浩荡，
紫花深处鹿空肥。

2001 年 10 月 17 日

金顶道上

虎踞龙盘集大千，
众峰迎我势巍然。
漫坡菊白如飞雪，
绝壁枫红似点丹。
灶冷已无玄妙子，
路回谁识悟真篇。
扶摇直上三千丈，
始信人间有洞天。

2001 年 10 月 18 日

游罢武当下老营赠郭道明兄

绕郭青山出，
泉流入道明。
身同云自在，
花与鸟相亲。
羽客千峰立，
玄机一嶂横。
幡宫欣访遍，
归去暮烟轻。

郭外峰峦秀，
林间古道明。
山高藤洞古，
秋老白云深。
人去南岩宿，
风来北斗横。
缁衣惜别后，
始觉五铢轻。

2001 年 10 月 19 日

参观三星堆博物馆

访得羊龙在蜀中，①
三星堆上辩青铜。
鱼凫未举中原火，②
若木惊摇异域风。③
金杖不知唐后事，④
玉璋难表汉时功。⑤
神州再证文明远，
驰北图南御大风。

2001 年 11 月 8 日于成都假日酒店

---

① 羊龙，三星堆出土文物，龙以羊形，中国唯此一件。
② 鱼凫，古蜀国国君。
③ 若木，三星堆中出土之神树，造型奇特，当为若木之本。
④ 金杖，三星堆出土文物。
⑤ 玉璋，三星堆出土文物，与上述之羊龙，若木，金杖等列为三星堆六大国宝。细观其出土数千件珍品，与中原文化相去甚远，可见其文化别有源流。

游重庆大足宝顶山石窟

一入红门即是禅，
山魂水魄意萧然。
牧童①得意忘牛日，
笛女②无心问俗年。
割紫裁青多佛子，
摇光截石薄人缘。③
焚香归去松声晚，
秋老渝州月正残。

2001 年 11 月 9 日

---

① 牧童，指石窟牧牛图十幅石雕，以牛喻禅，极尽旨趣。
② 笛女，指石窟中一幅乡村少女横笛石雕。少女神情姿态俱美，有"东方蒙娜丽莎"之称。
③ "薄人缘"一句，指石窟中关于因果报应之组雕。地狱之情形极为恐怖。如此轻薄人道，应与佛旨相去甚远。

访问印度四绝句 (四首)

2001 年 12 月上旬，中国作家代表团访问印度，王蒙为团长，余开慧、何向阳、纽保国和我为团员。历时半月，参观了印度诸多古迹。

参观泰姬陵

一十六年花溅泪，

良宵难盼是归期。

红颜一笑倾城日，

正是君王谢幕时。

看电影《阿育王》

金戈铁马千秋业，

美酒香衾一夜情。

漫道君王多嗜杀，

天生尤物最销魂。

瞻仰阿旃陀石窟佛像

谁向荒山谒佛陀，
今人难唱古人歌。
禅宗初祖无人识，
到处焚香拜湿婆。

访泰戈尔故居

乞儿遮道更蚊虫，
掩鼻长街访泰翁。
为问王蒙何所思，
笑言浊水出芙蓉。

2001 年 12 月 8 日至 14 日

绍 兴 行 （四首）

2002 年春，参加以玛拉沁夫为团长的中国作家赴绍兴市采风团，在绍兴逗留五日，得此四首。

晚饮绍兴咸亨酒店

口碑谁播越王城，

酒店咸亨早著名。

一盏茴香风冷暖，

三杯芳醪月黄昏。

最怜红袖妆吴越，

每把青瓷索旧闻。

大醉出门游兴好，

东湖棹罢又兰亭。

2002 年 4 月 1 日

参加兰亭书法节

我曾三度到兰亭，
认取庭前旧墨痕。
曲水流觞成往事，
如今谁是换鹅人。

2002 年 4 月 15 日

访绍兴青藤书屋

胸中尽蓄英雄气，
谁向庭前植野藤？
落拓晚明驴背客，
铮铮却似楚狂人。

2002 年 4 月 16 日

谒印山越王陵

越剑吴戈两杳然，

英雄不必尽神仙。

春来采得还魂草，

又见王陵出印山。

2002 年 4 月 18 日

题 国 清 寺

重来国清寺，
无言过古桥。
闻钟谁肃立，
飞燕自逍遥。
梅老依隋塔，
泉幽变越谣。
堂前寻智者，
还望白云高。

2002 年 5 月 20 日

二游天台山

2002 年 5 月，《人民日报》举办的长城杯新游记奖在浙江天台山颁奖，我的《昆明昙华寺记》获一等奖，应邀前往天台山参加颁奖活动，以上三首于此期间所作。

我本江城士大夫，
琼台又到总踟蹰。
昔年秋暮看红叶，
此日春深听鹧鸪。
霁月初升钟磬远，
樵风暂歇老龙孤。
自从遁去寒山子，
谁发清歌对碧芜？

2002 年 5 月 21 日

阿 城 行 （五首）

题金上京历史博物馆

阿什河畔完颜部，①
马上英雄逐水居。
煮海开山饶杀伐，
中原王气一时枯。

河山还是旧河山，
虎踞龙盘忆昔年。
辽宋不知何处去，
百年社稷姓完颜。

① 女真人完颜部落，在黑龙江阿什河畔定居，逐渐强大，尔后生问鼎中原之心。最终灭辽，并将北宋王朝逐出汴京，统一北部中国，建立大金国，享祚达一百二十年之久。

参观金太祖阿骨打陵有感

金太祖阿骨打陵在金上京遗址右侧约两公里处。当年宋朝徽、钦二帝被掳至此，在陵前行牵羊礼。此礼极尽凌辱之意：徽、钦二帝被褪去上衣，披上刚刚宰剥的血淋淋的羊皮，围着阿骨打陵三步一叩转了三圈。岳飞《满江红》词中"靖康耻，犹未雪"即指此也。

> 宋家天子能游戏，
>
> 汴京歌舞漏声迟。
>
> 如何不住长生殿，
>
> 却来此地着羊皮？

大金国故都会宁府遗址漫步

> 暂从瓦砾认辉煌，
>
> 神州此处又沧桑。
>
> 金戈铁马凭谁识，
>
> 惟见归鸦负夕阳。

题松峰山海云观

　　松峰山，在阿城市境内，为金国时道教名山。至今山上留有多处道家遗迹。海云观为山上古道观。

谁到松峰觅道缘，
东林居士过前山。
泉声一路如钟磬，
伴我逍遥入洞天。

2003 年 8 月 14—16 日于阿城

题萧红纪念馆

　　参加阿城市金都笔会期间，主人曾安排我们去呼兰县参观萧红纪念馆。这位抗战时期死于香港的女作家，生前薄命，死后亦无厚谥。幸将她故居辟为纪念馆，终可补憾。

八月乡村一望中，
秋风秋雨忆萧红。
呼兰河畔君归否，
山隔千重水万重。

2003 年 8 月 17 日

西 藏 行 （四首）

登布达拉宫

万里西行圣域来，

欣登寰宇最高台。①

几多灵塔梵宫里，

数处雕甍贝叶埋。

人到九霄观自在，

心驰三界觅蓬莱。②

酥油灯上传薪火，

愧煞中原老秀才。③

---

① 布达拉宫建造在圣地拉萨的红山上，是地球上最高、最完整的古建筑群。

② 公元7世纪从僧伽罗国迎请到吐鲁番王国的檀香木自在观音像，供奉在布达拉宫最高层的圣观音殿。

③ 藏民们以能到布达拉宫朝圣为终生奋斗目标。在寺中参观，每见藏族朝圣者从随身带来的皮袋中舀出酥油敬奉到佛龛前灯架上，极尽虔诚。

曲水至江孜路上（两首）

雪山碧水路盘旋，
雾掩云封过险关①。
最是圣湖看不尽，
家家屋顶竖经幡。

格桑花海逐飞轮，
一霎阴霾一霎晴。
山上牦牛湖上雁，
左边秋老右边春。

白居寺②门前口占

节名雪顿三天后，
我到江孜白寺前。
礼佛出门回首望，
转经老妇笑声甜。

2003 年 8 月 31 日

---

① 险关，指贡巴拉山，海拔为 5026 米。圣湖，指羊卓雍湖，海拔 4770
米，高度仅次于纳木措湖，为西藏的第二大圣湖。
② 白居寺在江孜县城内，属后藏重要庙宇，寺中佛塔最为著名。

重游九寨沟

鬼斧神工九寨沟，
寒霜初降我来游。
瑶池不染人间色，
幽谷能藏塞外牛。
木叶满山如彩蝶，
岩廊经雨似琼楼。
溪头谁向风前立，
两袖云烟醉晚秋。

2003 年 10 月 13 日

过昭君村感赋

多少芳魂萎汉宫，
娥眉岂敢怨骄龙。
既然兴国无长策，
何必娇情杀画工。
竖子当朝多稗政，
英雄满地作渔翁。
可怜纱帽山间女，
桃花颜色释兵戎。

2003 年 11 月 9 日于兴山

新三峡竹枝词 (五首)

山自嶙峋水自高，
归州应改峡江谣。
平湖万顷浮秋月，
不听猿声听洞箫。

过去苍崖惟鸟道，
如今九仞架船归。
无穷碧浪瑶池水，
不带川江号子回。

屈原祠畔暮烟轻，
白帝城低晓梦沉。
旧景旧情谁觅得，
只从笔底起滩声。

谁对江山寻旧迹，

归州消失烟波里。

新城高下招神女，

崟岭从兹山鬼稀。

人定胜天天不语，

鱼龙已自读兵书。

端的三峡惊心浪，

化作西湖烟水图？

2003 年 11 月 18 日于秭归新城

再谒张居正墓

2003 年 11 月 20 日，我陪王春瑜、王先霈、何镇邦、金坚范诸先生去荆州谒张居正墓。五年前清明，我曾专程前往祭扫，三年前又去过一次，今番三度重来，但见离离荒草，墓砖断裂，日见毁坏。而近在咫尺之地，竟割墓园地建一座菩提寺；稍远处，数座新建大楼亦如雨后春笋般拔起。两相比较，心下恻然，归途遂有此作。

忍向荆州寻旧冢，
三年凭吊我重来。
残碑更欲迷荒草，
梵磬悠然怅客怀。
社稷频添龙虎气，
英雄谁上凤凰台。
伊周事业千秋在，
岂让丹心化作灰。

2003 年 11 月 20 日

重 庆

秋雨巴山忆旧游，
一年三次到渝州。
几多玉腕凝霜雪，
绝版风情满画楼。
灯近中宵虹似瀑，
歌飞南岸月如钩。
兴来沽酒双江口，
醉看烟波日夜流。

2005 年 10 月 24 日于重庆

访趵突泉李清照故居 (两首)

日暮风寒拂柳丝，

泉边寻觅易安祠。

红稀香少谁生怨，

徒想佳人漱玉时。

漫言孤馆种相思，

网恋情人正小资。

枉说愁肠清露洗，

雕栏寂寞雁来迟。

2005 年 12 月 16 日

过黄陂木兰川

乍到木兰川，
春心醉自然。
梨樱飞似雪，
鸡犬漫成仙。
院落村村古，
山泉处处盘。
不知身是客，
半醉望墟烟。

2006 年 3 月 29 日

再游龙潭河谷

此地溪山总不同，
年年花讯与春风。
清清一脉天堂水，
不为人间洗落红。

2006 年 4 月 7 日于吴家山

留诗南武当

南武当在鄂东英山境内，大别山主峰天堂寨南侧。山上有石鼓庙、南武当庙、龙潭河谷等名胜。其"龙潭河谷"有华中第一谷之美称。

此是我家旧庭院，

青山如梦水如烟。

梵钟一杵惊弦月，

应有苍龙出碧潭。

2006 年 4 月 8 日于吴家山

宁 波 行 (四首)

丙戌初夏,受宁波市北山区纪委邀请,与邵燕祥、流沙河、王春瑜、方成、陈铁健诸方家聚首宁波,参加廉政笔会,每到一处,应主人之请留诗留字,成此四绝。

题慈城清风园

清风园在旧慈溪县衙内,是国内第一座弘扬廉政建设的主题公园,内有多尊清官、贪官塑像,以此警示世人。

一点民膏千滴血,
贪廉二字见兴亡。
几许清官撑社稷,
纵死犹存翰墨香。

2006 年 5 月 9 日

夜至老外滩品茶

披雨滩头何处去，

灵桥一过即天堂。

此身此夜三江口，

风亦回肠水亦香。

2006 年 5 月 10 日

再访奉化溪口蒋介石故居

水涨花红五月天，

重来溪口意欣然。

且泯恩仇夸蒋氏，

终因爱国守台湾。

2006 年 5 月 11 日

题天一阁

书香自古除铜臭，
国运何须拜锦囊。
阁上风霜吹欲尽，
人间智慧味偏长。

2006 年 5 月 12 日

参观费城独立自由钟

英雄不必为封侯，
旋转乾坤二百秋。
一记黄钟王气尽，
春江满眼过宾州。

2006 年 5 月 22 日于宾州途中

从帝国大厦顶层俯瞰曼哈顿

　　2006 年初夏，我参加中国作家代表团，与周梅森、韩小蕙、雷涛诸作家同访美国纽约、华盛顿、水牛城、洛杉矶、拉斯维加斯等地。

光瀑灯河百万家，

谁能此处卧烟霞。

瞬间更易千千色，

尽是人间富贵花。

2006 年 5 月 23 日于纽约

谒随州厉山神农故里纪念祠

天下神农氏，

于兹发劲枝。

扶犁驱瘴日，

劝稼破荒时。

谷草人间味，

陶麻社稷诗。

春秋应致祭，

我辈恨来迟。

2006 年 8 月 10 日于随州

游芒砀山

芒砀山在河南省永城县境内，黄淮平原间唯一的山脉。由十几座小山构成，主峰海拔 156 米。山中有梁孝王等十几座汉墓、陈胜墓以及刘邦斩蛇处等多处古迹。

芒砀山中一日游，
峰头谷底觅春秋。
赤霞满眼沧桑地，
换了人间却了愁。

题刘邦斩蛇处

英雄自古出寒庐，
亭长原来是莽夫。
长剑一挥龙血溅，
咸阳王气顿时枯。

2006 年 8 月 18 日于永城

题南昌八大山人纪念馆

　　受南昌市政府邀请，前来参加滕王阁笔会。是日与余光中、尤今、邓有梅、陈建功诸君同游八大山人纪念馆，遂有此作。

河山满目血如霞，
便有沧桑到画家。
苦难太深花事浅，
年年春色隔天涯。

难牵麋鹿上南山，
每剪松烟饲老禅。
三百年来留傲啸，
龙蛇无计换婵娟。

2006 年 9 月 3 日于南昌

过宁远古城怀袁崇焕

却敌空言国已残，

民心天下最雄关。

倘许袁郎舒剑气，

明王未必上煤山。

2006 年 9 月 10 日

过二郎山

二郎山属邛崃山脉。青衣江在山之阴，大渡河在山之阳。青衣江又称若水，大渡河称沫水，二水在乐山汇流。

青衣江上溯，
飞入彩云间。
蜀版溪山旅，
邛崃水石缘。
谷深红叶补，
路断鸟声填。
不觉千山过，
飘风送杜鹃。

2006 年 10 月 17 日

入 海 螺 沟

　　海螺沟在四川省泸定县境内，为国家地质公园。其境内冰川海拔3700 米，是世界同纬度中海拔最低的海洋性冰川。沟头贡嘎雪山，海拔 7565 米，为四川省境内第一高峰，有"蜀山之王"之称。

沫水河边路，

惊心入海螺。

人烟禅迹少，

红叶白云多。

雪岭镇天府，

温泉隐薜萝。

此来消俗虑，

仙客亦蹉跎。

2006 年 10 月 18 日

随州听编钟古乐

风来雨往古随州，
几处青铜几石头。
今到曾侯家里坐，
黄钟大吕听春秋。

2006 年 10 月 23 日

五台山游记

　　五台山礼佛，是我多年的夙愿，今朝始得如愿。夜宿五台山电力宾馆，一夜两次梦见丈余白蟒绕室而走，真奇异事也。

山势千重一望中，
五台迎我路如龙。
焚香始觉天街近，
礼佛常亲法雨浓。
寒梦两回惊白蟒，
霜林万壑听黄钟。
书生愧有逃禅志，
每遇蹉跎气自雄。

2006 年 11 月 5 日于五台山电力宾馆

泾县三题

　　2007 年 4 月 12—15 日，参加《人民文学》组织的中国作家采风团，与蒋子龙、陈世旭、韩作荣诸友前往泾县，小住三日。参观当地景区并试写红星宣纸。小诗三首乃即兴题咏。

参观云岭新四军军部旧址

> 忍从青史读江南，
> 多少英雄聚此山。
> 三月杜鹃啼欲住，
> 欣看碧血化春澜。

游桃花潭

> 谁向滩头送晚舟，
> 隔江犹见踏歌楼。
> 我今来此桃花尽，
> 惟见空潭水自流。

题红星宣纸

芳菲三月里，

专访纸王来。

试墨神仙近，

挥毫妙谛开。

蚓龙腾玉版，

花事满霜胎。

诗尽情难禁，

还倾酒一杯。

2007 年 4 月 14 日于泾县宣纸城

参观广安邓小平故居有感

竹篱瓦舍寻常地，

山水和谐即是诗。

社稷重光酬夙愿，

蓦然回首展旗时。

巴山曲曲望中迷，

游子归家未有期。

处处云山红叶下，

乡音尽是子规啼。

2007 年 4 月 27 日于故居前口占

夜宿阆中水码头

淡淡茶烟淡淡风，

锦屏山下露华浓。

榻依碧水听龙语，

楼近天街送楚鸿。

唐宋亭前檐马瘦，

渔樵曲里酒旗重。

他年花月三春里，

还向滩头忆阆中。

2007 年 4 月 28 日于阆中水码头客栈

题芒砀山陈胜墓

自信民心能铸剑，
河山未许血中看。
飘飘柳絮飞如雪，
似向游人说斩竿。

2007 年 5 月 12 日于永城

寻访辽金王朝遗址组诗

涞流水伐辽誓师地

千年一霎水悠悠，
未见弦歌枕碧流。
断水金刀从此去，
三千铁血撼神州。

2007 年 8 月 8 日

查干河头鱼宴

常慕英雄走四方，
弯弓盘马射天狼。
归来争赴头鱼宴，
舞剑挥戈唱大荒。

2007 年 8 月 9 日

辽太祖陵前沉思

山养英雄水养仙，
窈窕淑女润江南。
如何塞北荒陵下，
不见辉煌铸契丹。

2007 年 8 月 11 日

辽上京废墟日出

几重风雨几重霜，
宫阙而今变草场。
静静一轮红日下，
君王不见见牛羊。

2007 年 8 月 12 日

和林格尔盛乐博物馆

嘎仙此去三千里，
拓拔开疆五百年。
筚篥吹融漠北雪，
旌旗从此向中原。

2007 年 8 月 13 日

夜探杀虎口

灯光如豆照残墙，
败垒依稀旧战场。
多少擒龙伏虎地，
只从野老话沧桑。

2007 年 8 月 14 日

野狐岭长城遗址

千年龙战血飘香,
辽去金来破阵忙。
大汗军前墙似纸,
斥堠无语叹兴亡。

2007 年 8 月 15 日

北京房山九龙谷金皇帝陵

倘将历史重来过,
明月空山应断肠。
马上英雄辇下死,
帝乡未必是家乡。

2007 年 9 月 3 日

长白山《大金王朝》开笔仪式

　　《大金王朝》是我拟写的第二部长篇历史小说。黑龙江阿城是大金王朝的诞生地，当地政府领导对我的这一写作计划提供多种支持，并专门为我在长白山天池底下组织了这次开笔仪式。

　　　　　五花山色醉秋风，

　　　　　一眺苔原万丈红。

　　　　　愿借天池飞瀑水，

　　　　　尽情挥洒写英雄。

　　　　　　　　2007 年 9 月 14 日于长白山中

参观金堂钧窑博物馆

瓷中信有真君子，
品自优良韵自高。
今日金堂开眼界，
无穷变化看钧窑。

2007 年 9 月 24 日

参观汉阳陵博物馆

汉阳陵即汉景帝陵。文景之治是历史上有名的盛世。馆长伍保平先生陪同参观，请留诗，因有此作。

> 欣从盛世访阳陵，
> 原上秋风送仲春。
> 治世岂能轻百姓，
> 还从文景悟民心。

2007 年 10 月 8 日

过五丈原怀诸葛亮

卧龙离去谁弹泪，
蜀水巴山响杜鹃。
归辇犹闻笳鼓壮，
卷戈谁抚铁衣寒。
苍天不遂英雄志，
大地空留烈士篇。
难信金瓯能久缺，
陇头司马定中原。

2007 年 10 月 9 日

丁亥仲秋过凤县

一山苍翠分秦蜀，
渭水嘉陵北复南。
百里凤州秋色好，
亦痴亦醉亦新鲜。

2007 年 10 月 11 日

过紫柏山题张良庙

英雄事业神仙愿，
多少奢求未了缘。
黄石赤松浑不见，
只从此处借云山。

2007 年 10 月 11 日

寻石门不见赋

仰慕汉石门，①
来到青山隈。
徘徊复徘徊，
惟见褒河水。

2007 年 11 月 12 日

---

① 汉石门，为褒斜古道中一座长十六米的人工隧道，为两千年前刑徒所凿，为世界上最早的人工隧道。隧道中石刻众多，最著名的汉十三品书法石刻就在此洞中。1964 年修筑褒河水库，石门沉入水底八十米深处。

雨中重访剑门

又到重阳节，
初晴过剑门。
危峰青若洗，
飞鸟去还停。
秦塞花连阁，
巴山路若藤。
关前寻旧迹，
一笑送铅云。

2007 年 10 月 14 日

丁亥岁重阳再访阆中

秋光浓处有轻寒，
翠满楼头玉满滩。
若许心灵能放假，
阆中城里做神仙。

2007 年 10 月 15 日

阆中吟句

巴山到此势如屏，
簪上城头朵朵青。
更有嘉陵飘若带，
江花无恙下江陵。

2007 年 10 月 15 日

与李敬泽、朱零、赵剑平诸友
茅台镇夜饮

天下茅台酒，
人间味道长。
含香怜赤水，
入窖酿秋光。
招饮惊陶令，
飞觞悔杜康。
谪仙若到此，
一醉射天狼。

2007 年 10 月 29 日夜

暮雨中过娄山关

群峰如削石如亭，
秋雨秋风候故人。
道是黄昏飞鸟尽，
令人回首忆红军。

2007 年 10 月 30 日

参观乾隆雨花阁

深宫开宝境，
佛住帝王家。
藏秘非玄秘，
天花即雨花。
坛城空法鼓，
画阁冷袈裟。
诸相尊严地，
凭栏感物华。

【附】2007 年 11 月 9 日，故宫博物院发起紫禁城传统文化论坛并召开首次年会。邀请铁凝、冯骥才、李学勤、刘梦溪、阎崇年和我六人参加。当日下午四时，由王亚明副院长陪同我们参观位于故宫西北角的乾隆雨花阁。此阁乃乾隆皇帝为自己建造的家庙，为藏传佛教风格，内中供奉西藏秘宗之佛像数千尊，宝物之丰，为内地藏秘之冠。而此庙迄今为止从未开放，故保存完好，一切都是乾隆年间旧物，所以尤其珍贵。

2007 年 11 月 10 日于故宫城隍庙

登翠华山

一山新绿半山花，
石裂天崩出翠华。
谁到终南寻捷径，
还从脚底认天涯。

【附】翠华山在西安南郊，秦岭中南段，为终南山的一座峰头。山中有堰塞湖一座，为两千余年前地震山石崩塌而成。余赴西安"三秦大讲堂"讲演之后，由吴克敬、陈乃霞夫妇陪同游览。

2008 年 4 月 26 日

题姜子牙垂钓处

暮春时节到蟠溪，
水复山重路欲迷。
辗转太公垂钓处，
布衣于此钓龙衣。

2008 年 4 月 28 日

晨登泰山

谁从岱岳认天涯，
处处江山处处家。
绝顶放歌齐鲁小，
黄河两岸是中华。

2008 年 5 月 3 日

参观羑里城周文王演易台

　　羑里在汤阴县城北五公里处，为商纣王时国家监狱所在地。纣王于此将文王囚禁七年。传文王入狱时已八十二岁高龄。在此期间，文王根据伏羲八卦演成六十四卦，是为《周易》，乃中华文化之元典。

北斗低悬渡羑河，

英雄蒙难不蹉跎。

纣王无道文王老，

膏血干枯战血多。

狴犴丛中思太极，

图书枕上作囚歌。

七年演得玄机在，

世事兴衰总不磨。

2008 年 5 月 27 日

谒汤阴县岳飞庙奉题

　　参加《人民文学》组织的汤阴岳飞故里笔会，与李存葆、陈世旭、韩小蕙、陆健诸同仁参观岳飞庙。县文物旅游局焦陆堂局长命人在岳飞殿备好纸墨，嘱余题咏，遂仓促吟之，急就章也。

钱塘曾记岳王坟，
一过汤阴思转深。
复国岂知龙意冷，
断魂犹起故园情。
英雄死后空长剑，
社稷危时出小人。
最怕风波亭上望，
千年桧树自青青。

2008 年 5 月 28 日上午

逸兴亭小坐

篱畔繁花树上莺，
白兰枝上绕蜻蜓。
倏然一霎杨梅雨，
鸟语空山坐草亭。

【附】逸兴亭在上海西郊宾馆园林内，绿河之畔，亭额为江泽民所题。2002 年 6 月 14 日，江泽民与上海合作组织的五位国家元首在此首度会晤。2006 年 6 月 14 日，胡锦涛又与五国元首再次于此会晤，并于亭畔共植一棵白玉兰。我数度入住西郊宾馆，多少个清晨与黄昏，在巨大的宾馆园林中散步，每过逸兴亭，都有心旷神怡之感。

2008 年 6 月 3 日

参观翁同龢旧居 (三首)

入巷如闻桂子香，
踱神我到彩衣堂。
老砖墙外莺声老，
一拜先贤一断肠。

谁道愚氓犹可训，
最难教者是君王。
心为形役终无悔，
解罢疑难国有殇。

忧患难忘勒石功，
百年回首数鱼龙。
出门但看虞山上，
水碧林青送寺钟。

【附】翁同龢（1830—1904 年）字声甫，号叔平，晚号瓶庐居士、松禅老人，江苏常熟人。他于咸丰六年考中状元，历任翰林院修撰，都察院左都御史，工部、刑部、户部尚书，协办大学士，军机大臣，总理各国事务大臣等职。并担任同治、光绪两位皇帝的老师，是晚清著名政治家。他是光绪皇帝倡行改革的主要推动者与实行者，因此遭到慈禧太后的残酷打击，罢免一切职务，遣送回家乡常熟看管居住。常熟城内彩衣堂是他的故居，现辟为翁同龢纪念馆，为全国重点文物保护单位。戊子四月，我受常熟市图书馆的邀请，前来作《张居正与万历新政》的专题讲座，趁便到翁同龢旧居参观。于彩衣堂中，将他与张居正作一比较，两人都是帝师，都位居人臣之极，都倡导改革，都以悲剧告终。漫步廊下，不免感慨唏嘘，遂吟成三绝。

2008 年 5 月 31 日

参观原子城

雪花常比草花多，
面壁荒原意若何。
一自幽人归去后，
山南山北唱离歌。

【附】原子城为我国第一个核武器研制基地。位于青海省海北州海晏县境内，海拔 3200 米，占地面积 570 平方公里。该基地于 1958 年由中共中央政治局批准修建。王淦昌、朱光亚、邓稼先、周光召等一大批科学家都曾在此工作。他们几乎与外界隔绝。所以，以"幽人"喻之。1987 年，为了适应国际环境的变化，表明我国政府全面禁止和销毁核武器的态度，遂决定撤销该基地。在对该基地核设施进行了彻底的无害化处理后，于 1993 年整体移交给海北州，现已为旅游景点。

2008 年 7 月 30 日

西夏王陵前得句

黄河青海雁声稀，
欲下中原扰铁骑。
一霎千年王事尽，
贺兰山下夕阳低。

2008 年 8 月 2 日

与平凹兄同游蓝田

清峪溪边路，
寒来雨复晴。
苍岩多古意，
流水洗尘心。
秋老烟如玉，
云飞树似亭。
蓝田千载后，
谁忆两闲人。

2008 年 9 月 26 日

游曲江池遗址公园忆盛唐气象

长安自古帝王州，
胜日长开曲水游。
起宴舞时多丽色，
有人家处尽风流。
芙蓉狼藉来龙马，
弦管缤纷送锦舟。
岁岁春花秋月下，
争烧银烛照城头。

2008 年 12 月 10 日

赵州桥口占

唐时车辇宋时舟，
空剩洨河已断流。
兴废几多人世事，
眉头不上上桥头。

【附】元宵节后一日，率《中国古桥》摄制组来河北赵县赵州桥拍摄。此前华北平原已干旱百日。但我们来到赵州桥时，忽然天布阴霾，冻雨初下。徜徉桥头，思接千载，口占得此四句。

2009 年 2 月 10 日

扬 州 行 （五首）

    2009 年 2 月 27 日至 3 月 2 日，我参加《人民文学》采风团赴扬州小住三日。在《扬州日报》社长王根宝先生安排下，与蒋子龙、肖复兴、韩小惠、红柯、邱华栋等作家浏览扬州诸多景点。此是我第五次来游。距第四次与贾平凹先生同游之时，倏然又过三载。期间扬州变化甚大，旧景新颜，颇增游兴。即兴行吟，得此五首：

重游瘦西湖

西湖偏瘦秦淮小，
最爱扬州韵自娇。
修禊莫言成绝唱，
诗人今又过虹桥。

雨中过二十四桥

梅雪三分酒一瓢，
半船春梦近花朝。
淮扬今夜魂销处，
烟雨苍茫廿四桥。

席间见淑女弹古筝

常思骑鹤下扬州，
玩月吹箫古渡头。
一见琴樽思杜牧，
红颜青史续风流。

平山堂题句

广陵依旧好家山，
半在园林半在禅。
歌舞在船茶在寺，
云闲到底是心闲。

参观扬州八怪纪念馆

扬州八怪纪念馆原为四方寺旧址，该寺在清朝为扬州重要寺庙之
一。扬州八怪之一金农曾卜居于此，时寺庙已破败。

寺中花草记当时，
不住禅师住画师。
八怪更应添一怪，
筝边狂草酒边诗。

婺源春游 （四首）

坑头村寻古桥

桃溪三十里，
曲折到坑头。
地远春风薄，
山深草木幽。
村中逢野老，
桥畔话乡愁。
不觉晚烟起，
泉声入耳稠。

参观清华镇彩虹桥

婺源三月里，
眼底尽清华。
浅碧飘虹影，
深黄染菜花。
廊前看旧刻，

雨后试新茶。
曲陌晴光满，
参差尽酒家。

诗春村访古

推开层嶂到诗春，
一过廊桥欲断魂。
老燕寻巢来旧屋，
宋砖明瓦总含情。

暮色中漫步虹关

祭酒桥边野草香，
依稀詹姓古祠堂。
漫言人事如花事，
山上红残树色苍。

【附】三月中旬，因做《中国古桥》专题片前往婺源探访古桥。盘桓数日，得诗四首，此乃我第三次到婺源。虽非初识，仍觉兴奋。中国乡村，此为绝佳样板。

巴东印象 (五首)

游兀渊洞

峡深峡浅春秋树，
巴水巴山上下船。
忽到兀渊桥畔望，
我心常在白云间。

莲峡河口占

情郎峰上春光短，
莲峡河边梦正长。
千尺苍藤缠鸟语，
醉乡深处是花香。

参观巴东旧县衙怀寇准

左耳涛声右鸟啼，
红颜白首两相宜。
巴东三载清衙静，
每对烟云悟世机。

席中赠巴东友人

杨花正旺李花开，

三月长江浪似台。

东望峡中霞满眼，

春风一度一徘徊。

雨中泛舟神龙溪

岸上阳春壁上秋，

画廊云雨不胜收。

清清一曲神农水，

流出溪头送晚舟。

【附】三月仲春之暮，我因受巴东县政府之邀写作《巴东赋》，前往巴东作短暂盘桓。山川信美，抚今追昔，感慨良多。爰赋绝句五首，以寄兴托。相信随着鄂西生态旅游圈的建设及推广，深藏于三峡中的巴东山水，一定会吸引更多的游人。

2009 年 4 月 2 日

烟花三月再游瘦西湖

船压吴歌柳带风，
碧桃枝上雪融融。
莺声不觉催人老，
犹忆烟花一万重。

2009 年 4 月 12 日

重到兰亭

兰渚山中日欲斜，
曲觞一脉水流霞。
却看燕子闲无事，
尽绕亭前逐落花。

2009 年 4 月 25 日

夜宿肇兴侗寨

西边窗外峰千仞，
南向门前绕碧流。
米酒三壶游子醉，
花桥四座动乡愁。

【附】因去广西、贵州侗族地区拍摄侗乡风雨桥，而到黔东南之肇兴侗寨。此是侗族最大集居地，现已成为海内外闻名的旅游景点。

2009 年 5 月 23 日

泸县过端午节

节值端阳入蜀行，
眼前泸县草青青。
故人迎我穿风雨，
龙脑桥头酒半醺。

【附】到泸县拍明清龙桥，老友赵智与王骏飞专程从成都赶来作陪。端午节当天，我们在龙脑桥拍摄。置身桥头与老友对饮，亦是乐事。

2009 年 5 月 27 日

参观玉蟾山摩崖石刻

又见青山上，
摩崖造佛陀。
大悲村女并，
道磬梵钟和。
永叔牢骚甚，
升庵墨迹多。
建文遗像处，
玉女续传讹。

【附】玉蟾山在泸县县城之侧，山上多宋、元、明、清石雕，佛像犹多，为全国重点文物保护单位。

2009 年 5 月 28 日

登洞头望海楼

洞头乍到即登楼，

不见长鲸恨未休。

蛰气横来疑甲胄，

彩云飘过下渔舟。

颜家辞屐千重雨，

岛县开疆六十秋。

销尽兵戈逢盛世，

谁还狂啸揖中流。

【附】洞头县由 103 个海岛组成，1953 年开始建县。为中国十个海岛县之一，属温州管辖，县治在洞头岛。公元 426 年，接替谢灵运的永嘉颜太守乘船来到辖下洞头岛，并于岛上制高点烟墩岭筑望海楼。明朝实行海禁，居民尽数迁出，洞头遂成荒岛，望海楼亦毁于寇难。上世纪 90 年代，望海楼原址重修，高峻宏大倍于旧制，有东南第一楼之称。

游 仙 叠 岩

夜沐沧波旦饮霞，

仙叠岩前住佛家。

纵使一苇南渡去，

碧波深处亦中华。

【附】仙叠岩在洞头岛之东南端，岩石上多有佛像石刻。与此观海，视野开阔，气象万千。岩之南百余海里，即台湾基隆。

过潼关口占

谁能仗剑出潼关，
马上英雄云外仙。
紫气千寻随我去，
芒鞋踏处是江山。

2009 年 10 月 5 日

题赠山西师大中国戏曲博物馆

尽把春秋付乐棚，
千年信史暂相逢。
人间戏事谁能道，
野老村夫一笑中。

2009 年 11 月 14 日

登鹳雀楼答西安诸友

暴雪三天飞白日，

朔风千里走黄河。

长安问我归来否，

尚隔华山几道坡。

【附】2009 年 11 月 14 日，应山西师范大学邀请，前往该校作《张居正与万历新政》之演讲。其时，已暴雪三天。我由陈惟礼、刘东风二友陪同，驱车自西安而抵临汾。沿途但见积雪盈尺，黄河两岸一片肃杀。翌日归来，先参观洪洞县大槐树与苏三监狱。而后又趁便游永济县鹳雀楼，以了多年夙愿。登楼时已下午四点，雪意暂消，而冻云中显露太阳，正当年王之涣所见之"白日"也。眼前中条山为积雪所覆，而曲折之黄河横于归途。河东之华山时隐时现，西安朋友担心归路为冰雪所阻，屡屡电问行程，故在楼上作此以答。

2009 年 11 月 16 日

参观明内阁大堂旧址

往事如尘雪似烟，
明堂萧瑟忽经年。
气通岱岳凝袍笏，
地接文华近帝筵。
顺世如何多乱象，
庸君到底误江山，
曲阳菩萨移来住，
时见昏鸦上下旋。

【附】己丑腊月初一，经故宫博物院副院长王亚明先生安排，由《紫禁城》杂志编辑李文君先生陪我参观明内阁大堂与清文渊阁大堂。该堂现已辟为办公室，而院内多处殿宇则成为仓库，陈列河北曲阳石雕佛像数百尊。踏雪来访，寒冷倍增，睹今思昔，徒生感慨。

2010 年 1 月 15 日

颂西安新气象

漫说终南凌岱岳，
唐魂汉骨铸长安。
而今三峡飞云雨，
又润秦川八百年。

初登乐游原

半藏忧患半逃禅，
冷坐蒲团静看山。
原上凭栏何处望，
汉唐回首对秦川。

【附】乐游苑在西安市内，故唐之宫廷郊游之所。李商隐诗"向晚意不适，登车驱古原，夕阳无限好，只是近黄昏。"即写于此。今日乐游苑，已非昔日气象，吾友陈维礼先生租下乐游苑土地，建造高尔夫练习场一座并"艺文墅"数栋，成为西安文人雅集之所，亦不失为唐风之承继也。

游黄州赤壁口占

当下文章当下酒，
去年风雪去年人。
停杯为问黄州牧，
自古谁看两样春？

重庆南山书院品茶兼示陈梁

袖底烟岚眼底花，
岩头汲水煮新芽。
暂抛尘事耽幽境，
乞得南山半日茶。

【附】受上海文广集团副总裁陈梁先生之邀请，来重庆与《卢作孚》电视剧导演王冀邢先生见面，谈剧中历史人物定位问题。翌日，陈梁忙里偷闲，邀我到南山书社品茶。林木森森，岩石荦确，数栋古建筑点缀其间，清雅可爱。因其偏远，茶客甚少。工商大学传媒与新闻学院蔡敏院长与书社经理刘宏毅赶来作陪。斯时雨雾飘忽，鸟啼悠悠，兴起吟此四句。

2010 年 5 月 19 日

金堂梨花沟即兴

乌啼歇处望金堂，
最爱茶香伴酒香。
移榻山中人易懒，
春风一夜着花忙。

【附】金堂乃成都市郊县，陈梁故乡也。是日与陈梁以及作家
雁宁驱车前往，在梨花沟休闲农庄品茗。该农庄自酿老酒，埋于
土内，两年后方取出售卖。主人请我等品尝，浓烈有味。临别前
主人请留诗，留此以答。

2010 年 5 月 22 日

原玉奉和梅岱先生《咏世博》

世博园一瞥

浦东漫赏五洲新，
火树银花慰国魂。
鬼斧神工镂社稷，
笑容绽处即阳春。

世博会开幕式

弦歌如梦醉华堂，
万国衣冠气自芳。
更是满天飞焰火，
诗人无计写辉煌。

【附】2010年6月2日《人民日报》作品专版上，发表了我写世博会的散文《城市是我们的历史》。同版上有梅岱先生的《咏世博会二首》，因所写之事我亦经历，故步韵和之。

2010年6月3日

梅 岱 原 诗

世博园一瞥

奇楼异阁彩台新，
览尽琼华寄远魂。
万国一园小天下，
风生水起浦江情。

世博会开幕式即兴

万种风情济一堂，
亦梦亦幻亦芬芳。
沪上春江明月夜，
溢彩流光共辉煌。

枣阳两题

题雕龙碑古人类遗址

左手淮河右手山，
骨磨箭镞石为镰。
今从此处思炎帝，
写我中华创世篇。

题吴店镇汉武帝刘秀故里

轻寒六月枣花香，
架子山高白水长。
锦绣少年谁识得，
龙兴之地帝王乡。

2010 年 6 月 9 日于枣阳

牟平两题

昆嵛山烟霞洞留题

岩前丹井浮甘露，
山上重檐压草花。
面壁真人离去后，
洞中谁肯卧烟霞。

养马岛眺海

曾记澄波过万帆，
始皇亲送访仙船。
而今点点青螺外，
空见苍茫雨后烟。

2010 年 6 月 13 日

端午节车过汨罗因忆屈原

岸畔丛丛艾叶香，
汨罗水上竞舟忙。
诗人乘愿归来否，
一路青葱到故乡。

郑欣淼和诗

端午节获召政先生诗，时在京郊，
菜园翠绿，风雨又作，感而和焉

耀眼榴花角添香，
小园尤自蝶蜂忙。
遥思鼓铙龙舟赛，
风雨声中入梦乡。

与杜晓明先生游银川海宝寺

夏塔寻踪夏月行，
可怜檐马动黄昏。
寺中砖径斑斑白，
枯坐山僧似野藤。

【附】应国家民委及中国作协联合邀请，前往宁夏、甘肃两处民族大学讲演。在银川期间，由新华社宁夏分社社长杜晓明先生陪同游览海宝寺。晓明来银川前，曾在新华社湖北分社任副社长四年，期间诗酒唱和，过从甚密。他的第一本诗集由我作序。

2010 年 6 月 23 日

塞上赠熊大师召政

数载武昌湖畔月，
依稀同照醉颜红。
风烟塞上重逢后，
柳陌长河一笑中。
开卷明堂传汉史，
寻踪夏塔赋边风。
贺兰山下行吟处，
兴复还思武穆功。

北固山怀古

侠士从来眷此山，
瓜洲一过即江南。
六朝金粉浑如梦，
三国英雄渺似烟。
出没刀鱼披雨色，
徘徊鸥鹭戏晴岚。
龙蛇此日归来否？
惟见波心上下船！

【附】受镇江船舰学院邀请，前来参加小型笔会。盘桓一日，抽空往北固山一游。

2010 年 6 月 28 日

大角山眺零丁洋

今朝谁解叹零丁？
掸尽烟霞望虎门。
千古英雄遗恨处，
重楼画阁入青云。

【附】大角山在广州市南沙区海滨公园内，毗邻珠江入海口零丁洋，对岸即林则徐销烟之虎门。我今来此，不仅想起文天祥"零丁洋里叹零丁"之名句，更想起于此发生的甲午海战之惨烈。

2010 年 6 月 30 日

过云南保山怀杨慎

文人隔代更相亲，
乍到滇南访逐臣。
名士消愁惟浊酒，
状元荷戟护丹心。
坎坷历尽风霜浅，
忧患常存苦难深。
醉看中宵横北斗，
银河欲挽话平生。

2010 年 7 月 4 日

再过常熟，友人邀饮席间口占

吴中暑月访伽蓝，
村里杨梅水上烟。
十里尚湖归白鹭，
一帘青翠见虞山。

2010 年 7 月 22 日

秋日山中所见

窗前何所见，
略略说与君。
紫燕穿红叶，
青山起白云。
门扉多不掩，
鸡犬亦为邻。
不识桃源路，
抬头问野禽。

【附】寒露之后，曾去英山河谷山庄小住。真乃是红尘不至，鸡犬之声相闻。当今之世，于此世外桃源，已是很难觅得了。

2010 年 10 月 15 日

武夷山游记 （三首）

重游九龙窠

九龙窠里访龙袍，
壁上苔丛正寂寥。
且喜贾郎文柱在，
引来清气入茶寮。

【附】九龙窠中石壁间，有六棵三百余年的老茶树，为武夷山大红袍茶树之最。吾友贾平凹应邀撰妙文《大红袍记》，刻于石柱立在壁前，与老茶树互彰其胜。

天心禅寺听泽道和尚谈禅茶

曾记灯前煮白瓯，
飞檐高挂雨中秋。
三年重到天心寺，
依旧丹山枕碧流。

【附】前年在印竹居士陪同下，曾专程来天心禅寺品饮禅茶。
余之《大红袍祖庭记》亦于此时而作。此番再来，泽道和尚对禅
茶之理解更加精微。

重阳节大王峰下夜饮

万重翠色半丛黄，
菊借秋风一夜香。
老酒从来亲旧雨，
武夷山里过重阳。

2010 年 10 月 16 日

访崇安古城

山耸危楼处，
东南海际分。
昔为倭结地，
今是石雕城。
俗看银腰女，
情藏大岞村。
风中谁驾浪，
一任晚潮横。

【附】崇安古城在泉州市崇安县境内，始建于明洪武十五年
（1382 年），为东南沿海抗倭重镇。此处为东海、南海分界处，城
外之大岞村，即为著名的"惠安女"集居之地。惠安女服饰特
别，尤其是腰间所系银腰带，为订亲时男方所送，腰带视男方家
境所制，最重达八斤，少则两斤。今崇安古城已成旅游地，城之
内外，到处都是石雕工艺厂，崇安石雕已成泉州名品。

2010 年 10 月 18 日于崇安

习水至古蔺途中所见

大娄山脉峻，
处处见奇峰。
岩腹重重绿，
秋枫树树红。
烟云千涧里，
落日万山中。
莫羡神仙客，
桃源此地逢。

2010 年 10 月 23 日

二郎滩镇夜饮郎酒留题

二郎滩上温杯地，
赤水河边住酒乡。
黔北川南秋色酽，
青红深处探花郎。

【附】应四川省作家协会交流中心邀请，与贾平凹、阿来、舒婷、麦家、葛水平、须一瓜等于 10 月 23—26 日前往古蔺县二郎滩镇郎酒生产基地参观。该镇在赤水河北岸，南岸即习酒镇，上游四十公里是茅台镇，三大美酒产于斯地，故赤水河亦有美酒河之称。是夜抵达，古蔺县委及郎酒集团领导设宴款待，品饮三十年窖藏红花郎酒，宴毕赋此。

2010 年 10 月 24 日

参观天宝洞戏题

洞中美酒千缸满，
门外金风百里香。
笑问长安贾才子，
何时入洞作新郎。

【附】天宝洞，在二斗岩之侧，距二郎镇三公里，为一天然巨大洞穴。自 1970 年始，被郎酒厂辟为藏酒地。新酿郎酒，须入洞用瓦缸泥封窖藏，最少藏满三年方可灌瓶出售。新郎酒入洞，出洞已成老酒矣。是日与贾平凹等数位文友入洞参观，触景生情，便有此戏题。

2010 年 10 月 24 日

参观红军四渡赤水纪念馆

惊波忽四渡，
赤水降奇兵。
寒夜枪挑月，
红旗向晚明。
莫问戎机事，
关山几度青。
后来凭吊者，
俱是有情人。

❧❧❧

【附】中国工农红军四渡赤水纪念馆建在古蔺县太平镇。红军在 1935 年元月、二月间曾于此二渡赤水。四渡赤水是中国工农红军离开江西瑞金后打的第一次大胜仗。三万中央红军粉碎了四十万国民党军队的围剿。毛泽东 1958 年在武汉会见蒙哥马利将军时曾说："辽沈、平津、淮海三大战役不算什么，四渡赤水才是我的得意之作。"

2010 年 10 月 25 日

初到屯留，夜宿老爷山宾馆

自古英雄窥社稷，
每从上党下中原。
故屯留我应长住，
神仙常伴老爷山。

【附】屯留县属长治市管辖，古为上党郡腹地。上党据太行山，俯视中原，历来为兵家必争之地，故有"得上党者得中原"之说。老爷山亦名三嵕山，为屯留著名风景区，传为后羿射日之地。山顶三座峰头，分别建有孔子庙、金禅寺、羿神庙。

2010 年 11 月 10 日

过上党战役发生地

后羿盘弓地，
曾为旧战场。
民心思解放，
社稷扫苍茫。
一战惊天下，
三军出太行。
至今禅塔上，
弹洞满风霜。

【附】上党战役发生于 1945 年 8 月，刘邓大军陈赓部与阎锡山部队决战于屯留老爷山，歼灭阎部三万余人。是役发生于国共重庆谈判期间，是抗日战争结束后国共两党发生的首次军事冲突，亦被誉为"解放战争第一枪"，其历史意义重大。我参观老爷山风景区，亦察看了上党战役旧战场。山顶金禅寺七层砖塔上，还能看到当年激战留下的百余处弹洞。

2010 年 11 月 11 日

自壶关穿行太行山大峡谷

乾坤撕裂画中看，
千曲回廊万斛寒。
一夜秋风红叶尽，
断崖悬处见空山。

2010 年 11 月 12 日

壶关青龙峡题句

崖前飞瀑花如蝶，
石上丹霞若紫衣。
前世神仙今日客，
壶关一到莫相疑。

2010 年 11 月 12 日

自关中至汉中穿越秦岭

立冬旬日后，
秋色正酣时。
木叶飞红早，
山峦染白迟。
禽猿皆旧识，
霜露入瑶池。
谁解青峰上，
烟村尽是诗。

2010 年 11 月 15 日

河谷山庄冬日小住

卜居不费买山钱，
尽引奇峰到榻前。
莫问闲时谁伴我，
怀中飞瀑袖中烟。

【附】阴历十月廿九（阳历十二月四日），离大雪节只差三天，与友人上河谷山庄小住。该山庄在大别山主峰天堂寨南侧，吴家山国家森林公园主景区天堂河谷出口处。为余数年前所购之别业，去年进行改造装修，今年十月竣工并试运行接待客人。余之朋友数十人相继来住，均交口称赞。正乃水木清华，风景绝佳之地。关于天堂河谷，余别有散文记之。

2010 年 12 月 4 日

鄂 州 怀 古 (四首)

解剑亭口占

　　史传伍子胥被楚平王追杀，于江北被渔父搭救而到江南。伍子胥感谢救命之恩，解剑以赠，渔父不受。伍子胥担心分手后渔父告密，为解其疑，渔父自己覆舟而死。后人于"接渡石"处建解剑亭以纪念。其址在鄂州城郊江边，与江北之东坡赤壁隔水相望。

英雄赠剑留肝胆，

渔父横舟解倒悬。

此去江东图霸业，

空留野老哭山川。

题西山古灵泉寺

鄂州城内西山古灵泉寺，为三国时孙权所建避暑宫原址改建而成。初称西山寺，为中国佛教净土宗初祖慧远自长安而下江南驻锡之地，距今已有一千八百余年历史。

参差殿瓦隔葱茏，

传是吴王避暑宫。

往事千年谁道得，

干戈销尽听梵钟。

孙权雕像留题

公元 221 年，吴王孙权从公安迁都鄂县，并取"以武而昌"之义，改鄂县为武昌，并在此称帝，自称吴大帝。鄂州市委筹资沿江兴建公园，并立孙权雕像立于公园广场之上，背江临城，颇有引领中原，控扼江东之势。

以武而昌古鄂城，

吴王移榻九年春。

烟霞不向西山老，

流向江东访故人。

游鄂州江心观音阁

　　鄂州小东门之江心观音阁，建于蟠龙矶上，一丛危石，四面惊涛，有"万里长江第一阁"之称。此阁始建于宋，元代修成，后屡经修葺。今之存阁，乃1987年鄂州建市后重修。余于辛卯二月十九观音诞日乘小木船上到矶头探胜，惜门锁紧闭，不得入内。

　　　　喷雪波澜势若雷，
　　　　蟠龙浪吸锦云堆。
　　　　飞涛供养观音士，
　　　　不向西山借翠微。

　　　　　　　　　　2011 年 3 月 23 日

清明节过麻城岐亭 _(两首)

四月杜鹃三月杏，
一年春色两重花。
岐亭谁忆黄州牧，
轻掸飞红问酒家。

我今来此又清明，
寒食人家酒半醺。
一勺晚唐烟雨梦，
尽催花事醉游人。

2011 年 3 月 31 日

乐山行记 (两首)

2011年6月13日,由四川省巴金文学院组织的"中国作家看四川"活动在乐山市举行。阿来、关仁山、吴克敬、徐鲁、何镇邦、叶炜、李建军等诸多友人共襄其盛。上午开幕式上,我代表作家讲话,即吟出头两句。下午半醺之后,游乐山大佛景区,炎日忽收,喜雨骤至,于凌云岭上,大佛之侧,看三江汇流环绕市区,遂完成此作。

欣逢好山水,

五次到嘉州。

一碧涵春色,

三江绕画楼。

千年留胜迹,

半醉枕风流。

六月苍崖上,

甘霖洗佛头。

因爱凌云佛，

五次访伽蓝。

楼枕岷江月，

波横大渡船。

青衣江上望，

霓虹画里看。

嘉州山水好，

久住亦成仙。

2011 年 6 月 13 日夜

记于乐山金芙蓉酒店

登凌云山东坡楼

斯楼建在凌云山顶，下临凌云寺及大佛，传为当年东坡登临处。

乌尤寺里禅依旧，
睡佛山前听子规。
千载客心归不得，
东坡楼上白云飞。

参观沙湾镇郭沫若故居

自古书生多忧患，
拼将热血洗铜驼。
不教岁月山中老，
岂肯心针石上磨。
粉墨春秋悲释老，
浮沉人事忆东坡。
莫言天地今非昔，
沫水滔滔唱九歌。

2011 年 6 月 13 日于沙湾镇

雅 安 行 记

2011 年 6 月 23—25 日，应四川省文联及中共雅安市委邀请，余参加其举办的建党九十周年"从安顺场到夹金山"的作家艺术家采风活动。短短三天，走荥经、石棉、天全、芦山、宝兴、名山等六县。看了不少红一、红四方面军于此处留下的红色记忆。抚今思昔，不胜感慨。匆匆旅途中，留下短诗数首。

荥经至安顺场路上

荥水流经处，
邛崃怅客怀。
红军鏖战地，
烈士望乡台。
雨意千峰立，
秋花六月开。
山中询父老，
犹盼故人来。①

---

① 荥经，县名。县城在荥水与经水汇流处，故名。荥经河乃青衣江支流。红一方面军过荥经时，敌机屡屡轰炸。年仅二十岁的警卫班长胡全保为掩护毛泽东主席而被敌机投下的炸弹炸死。当生命垂危时，他躺在毛主席臂弯里断断续续说："主席，不要管我了，革命成功后，请转告我江西吉安的父母。"路过胡全保壮烈牺牲之地，听此故事，心中肃然亦怅然。

安顺场口占 (二首)

安顺场在雅安市石棉县境内，为大渡河著名渡口。1864 年太平天国翼王石达开率部三万余人转战于此，因无法渡河而全军覆没。1936 年 6 月中央红军两万余将士来此，在三十余万蒋介石部队的围追堵截下，仅凭三只木船于此渡过八千将士，另一部分主力红军亦在上游 120 公里泸定铁索桥抢渡成功。

翼王遗恨兵穷处，
却见红军破虎戎。
三只轻舟凌浪去，
铁师百万化沙虫。

我临战地晚烟浓，
惟见惊涛裂石空。
七十六年弹指过，
青山不老忆英雄。

程家村红四方面军总部

　　1936 年 6 月红一方面军翻越夹金山后，在懋功与自大别山实施战略转移的红四方面军会师。但不久，张国焘欲另立党中央，又命令红四方面军再次翻越夹金山回到雅安，他在天全县程家村设立红四方面军指挥部 108 天，并在此作出攻占成都的错误决定，百丈关一战，损失红军一万余人，无奈之中，只好再次翻越夹金山，追赶中央红军。

吾乡将士东复西，

万水千山试铁骑。

大别从来伏虎地，

邛崃又竖斩龙旗。

计收天府戎机误，

欲取西康道路迷。

功过是非留信史，

长征此去不须疑。

夜宿夹金山下参加锅庄晚会

夹金山下硗碛藏乡在宝兴县夹金山脉中，红一方面军翻越夹金山之前曾在此休整数日，作筹粮、动员等各种准备，藏族人民贡献甚多。

不知今夕为何夕，
但见祥云挂瓦檐。
一夜锅庄歌且舞，
兴阑却望夹金山。

眺望夹金山忆红军翻越

红军百战归来日，
谁谓无花只有寒？
雪域雄关飞越去，
从容收拾旧河山。

过通天河白塔渡口即事

　　通天河乃长江上游，紧连长江源头沱沱河。其址在青海省玉树藏族自治州称多县境内。当年文成公主受父皇唐太宗之命，远嫁藏王松赞干布。自长安出发，经甘肃天水、青海西宁、日月山、玉树等地而到此渡口，不觉五千里之遥。在此渡口，护送文成公主的唐使返回。而公主尚有两千里之遥才能到达拉萨。告别故土，揖别使者，公主之心情，凄恻可知。但她与松赞干布之联姻，亦成千古佳话。此渡口之白塔，亦为纪念文成公主所建。

香车从此别，

玉女渡沧波。

谁解胭脂泪，

能销铁血戈。

尽将家国梦，

付与眼前河。

千载倏然过，

芳名永不磨。

2011 年 7 月 15 日

西安乐游原赏月

谁效世情仇白发，
我耽老境爱青山。
可怜此夜娥眉月，
又伴诗人上古原！

2011 年 7 月 9 日夜于乐游原

题烟台葡醍海湾小镇

涛声入梦月如钩，
谁傍沧波筑画楼？
昨日滩涂今福地，
民居亦可傲王侯。

2011 年 8 月 17 日

游螺髻山赠倮伍沐嘎

　　螺髻山在四川凉山自治州普格县境内，主峰4800米，其黑龙潭景区距主峰不到600米，为高山淡水湖泊。潭中流出之溪水，为金沙江之涓流。倮伍沐嘎先生陪我前往游览，饱赏美景之后，遂有此作。

　　　　　　螺髻山中剪翠烟，
　　　　　　万千光影惜流年。
　　　　　　请君俯看龙潭水，
　　　　　　直下金沙不复还。

　　　　　　　　　　　　　2011年9月5日

夜宿泸沽湖

泸沽湖位于四川凉山州与云南丽江市接壤处。湖面为两省分享。湖边定居的摩梭人，素有走婚之传统，我在湖边小住两天，晚上参加摩梭人的篝火晚会，深感时代进步，各族独特风情正在消失。

人间始信有瑶池，
一袭清波万斛诗。
闻道摩梭花解语，
女儿国里忆相思。

2011 年 9 月 7 日

参观西昌卫星发射中心留题

应西昌卫星发射中心发射场政委尹绍平之邀，前往发射场参观。尹政委亲为讲解，让我大开眼界，受益匪浅。

青天好写故园情，
屡见嫦娥入画屏。
欲架鹊桥穿碧海，
长空万里铸军魂。

十一月六日夜到西安

乘兴西来就酒池，
长安今夜雨千丝。
又到我家庭院里，
灯火楼台忆旧时。

2011 年 11 月 6 日

西安曲江芳林苑夜宴席间赋

自古长安称上国，
曲江长绕帝王家。
空言锦绣沉青史，
我又倾杯酌紫霞。
雁塔风霜灯似梦，
明宫弦管日初斜。
千门罗绮惊相问，
谁植唐城万树花。

2011 年 12 月 12 日

清江古城夜饮

一壶苞谷酒，
夜半对清江。
欲伴鱼龙醉，
还随山鬼狂。
世情催白发，
碧水洗诗囊。
明日泛舟去，
飘然入画廊。

2012 年 5 月 18 日

游清江画廊

巴山月下清江水，
日送行舟夜吐霞。
几脉青峰云路外，
不知名处亦飞花。

2012 年 5 月 19 日